PROPOS
D'UN PORTRAIT

TRADUIT DE L'ANGLAIS

PAR

L.-C. DE MORNEX

PARIS

LIBRAIRIE SANDOZ ET FISCHBACHER

33, RUE DE SEINE, 33

1877

A PROPOS

D'UN PORTRAIT

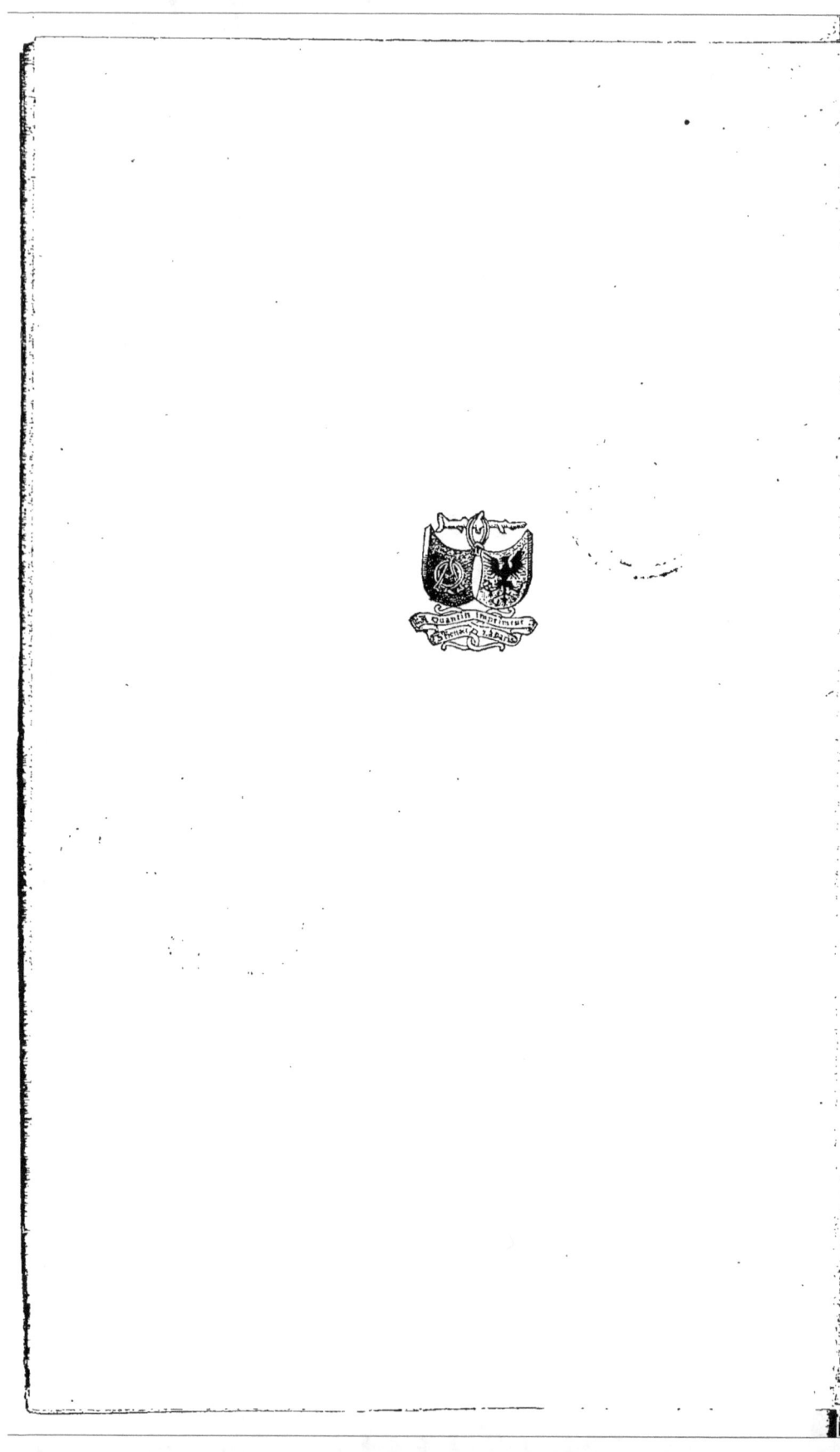

Quantin Imprimeur

A PROPOS
D'UN PORTRAIT

TRADUIT DE L'ANGLAIS

PAR

 L. C. DE MORNEX

PARIS

LIBRAIRIE SANDOZ ET FISCHBACHER

33, RUE DE SEINE, 33

1877

A PROPOS
D'UN PORTRAIT

I

A LONDRES

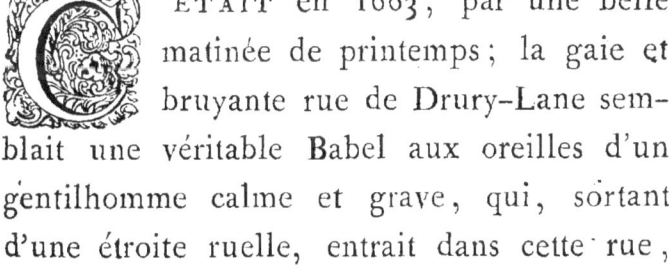'ÉTAIT en 1663, par une belle matinée de printemps ; la gaie et bruyante rue de Drury-Lane semblait une véritable Babel aux oreilles d'un gentilhomme calme et grave, qui, sortant d'une étroite ruelle, entrait dans cette rue, l'une des principales de Londres.

Ce piéton portait un habit si sombre, qu'il offrait un contraste frappant avec les gais habi-

tués de la ville; cependant ses vêtements
n'étaient pas façonnés à la mode puritaine,
mais plutôt comme ceux d'un gentilhomme de
province, qui n'était pas en état de se tenir
au courant des changements fréquents exigés
par cette capricieuse demoiselle, la mode, ou
qui ne le voulait pas. Il portait les cheveux
longs et bouclés comme les Cavaliers[1], mais il
dédaignait la perruque, alors à la mode; son
pourpoint était d'un drap couleur gris de fer,
et son manteau court d'une nuance encore plus
foncée; toutefois, il n'y avait aucun bijou sur
ses épaules, ni aucune dentelle fine sur son
col et sur ses manchettes, d'une propreté par-
faite. L'épée suspendue à son côté était une
bonne lame d'acier espagnol, et le ceinturon
qui entourait sa taille était artistement travaillé.
Un chapeau de Cavalier de ce temps, haut,
pointu et orné d'un panache noir, ombrageait
son front et s'inclinait sur ses longues boucles

1. Partisans de la cour pendant la guerre civile du règne
de Charles Ier. Ils détestaient la République de Cromwell et
ne furent que trop heureux à la restauration de Charles II,
en 1660.

abondantes, blondes et soyeuses. Ses hautes
bottes de cuir prouvaient qu'il venait de faire
un voyage à cheval. Il marchait lentement,
s'arrêtant de temps en temps pour regarder
quelque passant, ou pour admirer un bel édi-
fice. Il n'y avait point de voitures, car il était
trop tôt pour que le beau monde se promenât
déjà en carrosses, et les chaises à porteurs
étaient encore dans leurs remises, tandis que
leurs propriétaires, assis devant leurs miroirs,
s'occupaient des mystères de la toilette.

Deux jeunes gens élégamment vêtus marchaient devant le modeste piéton, parlant gaiement à haute voix en se servant du jargon du
temps. Ils faisaient un pari pour savoir lequel
des deux arriverait le premier à la porte du
théâtre, qui se trouvait plus bas dans la rue ;
tout occupés de leur pari, ils se mirent à courir
lestement ; mais, peu de minutes après leur
départ, un cri perçant se fit entendre, puis
des voix s'élevèrent dans une vive alterca-
tion. Le gentilhomme, désireux de connaître
la cause de cette dispute, hâta le pas, et arriva
à la porte du théâtre, juste à temps pour voir

les deux élégants éclatant de rire à la vue d'une pauvre fille dont ils avaient renversé la corbeille d'oranges. A cette vue, le gentilhomme prit un air sévère, ramassa quelques oranges et regarda leurs taches avec regret ; puis, levant les yeux, il rencontra le regard de la jeune marchande et s'aperçut que ses joues avaient rougi de dépit. Ses cheveux bruns s'étaient détachés du chapeau de paille sous lequel ils avaient été relevés, et tombaient sur son cou et sur sa figure de manière à cacher presque entièrement ses traits ; mais deux yeux bleus, espiègles et étincelants, parurent se fixer avec curiosité sur le nouveau venu.

« Vous ne pourrez trouver personne pour acheter celles-ci, dit le gentilhomme en montrant les oranges tachées.

— Il faudra les vendre à vil prix[1], monsieur, murmura la jeune fille, faisant la moue.

Les deux jeunes gens se mirent à rire, mais leur gaieté fut soudainement arrêtée, car le gen-

---

1. Littéralement : *They will have to go dirt cheap.* — Jeu de mot impossible à traduire en français.

tilhomme, donnant un coup à droite et à gauche, les précipita au milieu de la rue.

— Comment, monsieur, dit l'un d'eux en
se retournant tout décontenancé, de quel pays
venez-vous pour chercher querelle au premier
gentilhomme que vous rencontrez ? Votre nom,
monsieur ?

— Mon nom est John Howe, répondit-il,
et prenez garde que, tout provincial que je suis,
je ne vous demande de tirer votre épée !

— Cessez, monsieur Howe, et vous aussi,
Ned, interposa le compagnon de l'interlocuteur
de M. Howe. Comment! se quereller au sujet
d'une petite marchande d'oranges! Apprenez,
monsieur le provincial, les bonnes habitudes de
la ville. »

Et, prenant le bras de son ami, il s'éloigna
fièrement, trouvant le moyen de frapper l'épée
de M. Howe en passant.

Howe, sentant qu'il s'était mis dans une position qui touchait au ridicule, et craignant d'attirer la foule, regarda autour de lui avec précaution, puis dit à la jeune marchande de le
suivre à une petite distance.

Revenant sur ses pas le long de la magnifi-
que rue des palais, Drury-Lane, il se dirigea
vers une rue plus modeste et s'arrêta bientôt à
la porte d'une maison à pignon, qui avait cinq
étages. Il y entra, dépassa quelques flâneurs
dans le corridor, monta l'escalier à pic et, ouvrant une porte de chêne, il s'introduisit dans
une grande chambre boisée, tout encombrée
de papiers, de livres, d'armes à feu et d'une
valise contenant des habits.

Howe ouvrit la fenêtre et se pencha dehors;
l'air agréable du printemps entra doucement,
faisant voltiger ses blondes boucles sur ses épaules. Il entendit en même temps un pas léger sur
l'escalier, et une voix venant d'en bas s'écria :

« Comment! vous ici? puis-je vous demander
qui désire vous voir, petite friponne? »

Puis un rire joyeux, un petit coup à la porte
et, avant qu'il eût eu le temps de dire un seul
mot, la jeune marchande d'oranges se présentait
devant lui.

« Avez-vous besoin de moi, monsieur? me
voici », dit-elle, en souriant.

C'était un sourire incomparable, tel que

Howe n'en avait jamais vu; ses lèvres le commencèrent, ses fossettes le continuèrent et il alla droit dans ses yeux bleus, dont le regard même fut un sourire.

Howe ne savait pas si cette étrange créature était belle ou non; il savait seulement qu'elle pouvait sourire comme aucune autre femme; et, étant artiste, il désirait vivement esquisser ce sourire charmant.

« Eh bien, monsieur, m'avez-vous regardée assez longtemps ? » demanda, sans embarras, la jeune fille, entourant son panier de ses bras, tandis que son vieux manteau brun tombait de ses épaules.

— Oui, — c'est-à-dire non, — je veux dire... je désire bien examiner le fruit abîmé, dit Howe, confus; je vous le payerai. Comment vous appelez-vous ?

— Nell Gwynn, la marchande d'oranges du théâtre. Juste ciel ! on me connaît aussi bien que les artistes; mais je ne veux pas vous vendre ce mauvais fruit. Vous m'avez rendu un grand service ce matin en punissant ces deux jeunes gens, et je veux vous le rendre par un autre.

— Et comment cela ? demanda l'artiste étonné.

— En vous disant comment vous devez vous comporter dans les rues de Londres, si vous voulez y être bien », répondit-elle.

Howe ne put s'empêcher de rire.

« Eh bien, reprit-il, voulez-vous en effet me rendre un service ? alors laissez-moi faire votre portrait, exactement comme vous êtes en ce moment, avec votre figure joyeuse, votre manteau fané et vos beaux cheveux bruns tombant autour de vous.

— Avec grand plaisir, monsieur ; je vous demanderai une chose seulement : c'est que, si vous me tenez ici pour faire mon portrait, il faut que vous me laissiez causer, car j'aime beaucoup parler.

— Parlez tant que vous voulez, dit Howe, préparant son papier et ses crayons et s'absorbant tout entier dans son ouvrage.

— Et est-ce que j'aurai vraiment l'air d'un portrait ? demanda Nell, charmée ; mais je ne vois guère comment.

— Pourquoi pas ?

— Mais, dans les portraits, les dames ne sont-

elles pas toutes des créatures blanches et roses,
qui sourient d'une manière affectée, qui sont
décolletées, qui portent de longues boucles jusqu'à la taille et une rose dans leurs cheveux?
N'est-ce pas qu'elles se ressemblent toutes?

— Comment, Nell? où avez-vous fait ces
études artistiques? je veux dire où avez-vous
vu ces portraits? »

Alors Nell devint communicative.

« Parfois, monsieur, dit-elle, je suis marchande d'oranges, et parfois marchande de
fleurs. Je vais à la porte des théâtres, lesquels,
grâce à Sa Majesté, sont ouverts et en grande
vogue. Quand je suis marchande de fleurs, je
vais chez les grandes dames et leur apporte des
bouquets frais. Eh bien, monsieur, dans la maison de lady Castlemaine [1], j'ai vu des portraits,
et je sais comment ils sont.

— Et lady Castlemaine est-elle si remar-
quablement belle? »

Nell éclata de rire à cette question.

« Il faut que vous veniez au spectacle demain
soir, dit-elle, et vous les verrez toutes, et moi

1. Célèbre favorite de Charles II.

aussi ; mais moi, je serai à la porte. Monsieur, j'ai faim. »

Howe se montra à la hauteur de la circonstance. Il ouvrit un buffet, d'où il tira un pain, remplit un verre de vin d'Espagne et les plaça devant Nell. La jeune fille mangea le pain, but le vin et fit un très-bon repas. D'abord elle mangea en silence ; puis, se levant tout à coup, elle alla rapidement auprès de Howe, son verre à la main :

« Monsieur, dit-elle, il faut que vous buviez aussi, sinon, qui sait si vous ne m'empoisonnez pas ? »

Et elle se pencha au-dessus du dessin. Cependant, à la vue de l'esquisse, incomplète mais ressemblante, et, par conséquent, gracieuse et charmante, Nell tressaillit de joie.

« Est-ce que je suis vraiment si jolie ? dit-elle en rougissant.

— D'autant plus jolie, Nell, que l'ouvrage de Dieu surpasse celui de l'homme. Vous êtes plus belle que cette esquisse. »

Là-dessus, il prit gravement le verre de sa main et le porta à ses lèvres, en disant :

« A votre santé, mon enfant.

— Mon Dieu, monsieur, souhaitez-moi quelque chose d'autre, car j'ai toujours une bonne santé. Souhaitez-moi...

— Eh bien, mon enfant, quoi ?

— Souhaitez-moi une traîne de velours, une bague en vrais diamants, un cheval blanc pour me promener dans le Mall [1] et... et... un cavalier galant pour tenir mes étriers, et...

— Et beaucoup de soucis à la place d'un sourire, interrompit John Howe. O Nell ! quel changement funeste ! Mon enfant, vous êtes trop belle pour passer toute votre vie à vendre des fruits au beau monde de la ville ; vous êtes trop franche et trop honnête pour porter de la soie et du velours quand vous ne les possédez pas.

— Mais j'aurai parfaitement le droit de les porter quand je serai actrice, ce que j'ai l'intention d'être, et une bonne actrice, par-dessus le marché.

— Une actrice ! s'écria Howe avec étonnement.

1. Promenade alors fort à la mode.

— Et pourquoi pas, monsieur? je vous as-
sure que je pourrais l'emporter sur toutes ces
impertinentes coquines du théâtre.

— Ce n'est pas une vie modeste, dit le gentilhomme de province, paraissant légèrement
vexé. Non, vous devez quitter la ville pour la
campagne et vous faire laitière ou fille de
ferme ; épousez un honnête homme.

— Non, non, s'écria la jeune fille en rougissant, je veux être actrice et jouer le rôle de
Cœlia dans *The Custom of the country*.
Comme je danserais la gigue avec entrain et
comme je regarderais avec des airs de reine mon
amoureux, le jeune laboureur ! Monsieur, je
pourrais faire éclater de rire l'auditoire et peut-
être le faire pleurer aussi.

— Mais, Nell, vous ne pouvez pas danser et
jouer toujours ; ce n'est pas une vie conve-
nable. Que ferez-vous quand vous serez vieille?

— Jouer aux cartes et tricher comme les
grandes dames, aller au spectacle, rire et bâil-
ler, donner des soupers et boire du vin comme
elles le font.

— Fi ! Nell ! écoute-moi et je te donnerai de

bons conseils, pendant que tu es encore si fraîche et si belle. Quitte le beau monde, qui te dégradera, et attache-toi à ceux qui t'aide-ront à te conserver bonne et vraie. Sois la plus jolie fleur dans le jardin d'un brave homme du peuple, et ne t'expose pas à être celle que jettent de côté les serviteurs du riche. Tiens, mon enfant, voilà mon nom et mon adresse. Quand tu auras besoin d'assistance, viens à moi et tu l'auras. »

Tandis que Nell Gwynn prenait le morceau de papier que lui tendait l'artiste, ses lèvres tremblèrent et une larme mouilla son œil bleu.

« Monsieur, je ne vous oublierai jamais, dit-elle avec un sanglot dans la voix; personne ne m'a jamais parlé ainsi. »

Alors Nell tomba dans le silence. L'artiste continua à peindre pendant quelque temps; mais enfin il mit son esquisse soigneusement de côté, ouvrit sa valise, d'où il tira une bourse, et plaça de l'argent dans la main de la jeune fille.

« Voilà, mon enfant, pour les oranges, pour

votre patience d'avoir posé et pour votre cau-
serie.

— C'est trop, même pour tout cela, dit Nell
en souriant ; et je dois vous parler davantage
pour que les choses soient justes. Puis-je vous
demander, monsieur, d'où vous venez?

— Du Buckinghamshire, mon enfant ; du
comté d'Olivier Cromwell et de Hampden.

— Chut ! dit Nell, posant le doigt sur ses
lèvres ; c'étaient des traîtres. Vive le roi ! Res-
tez-vous longtemps à Londres, monsieur?

— Seulement pendant quelques jours ; mais
quand j'irai au théâtre, je vous chercherai,
Nell. Ayez soin de vous tenir près de la porte,
pour que je puisse vous parler. »

Nell sourit, montra une rangée de dents
blanches et s'écria :

« Au théâtre du Roi, à Whitehall[1]. »

Puis, son panier sur le bras, elle sortit et
laissa l'artiste seul dans la chambre boisée. Un
grand rayon doré de soleil s'attacha à son mauvais manteau et sembla la suivre hors de la

1. Ancienne résidence des rois à Londres.

chambre, laissant Howe dans l'ombre. Il resta ainsi quelques instants, méditant sur son ouvrage du matin, puis, tirant de sa poche un papier plié, il jeta un coup d'œil sur quelques adresses et quelques noms, soigneusement écrits.

« M. Evelyn [1] me retiendra peut-être, se dit-il; j'irai chez lui d'abord. »

Il descendit l'escalier, et, se frayant un chemin à travers les rues, maintenant foulées, il passa dans le Strand et ensuite se dirigea vers le fleuve, qui semblait en ce moment être l'endroit le plus gai et le plus fréquenté de la ville.

John Howe, le gentilhomme de Buckinghamshire, avait mené jusqu'ici une vie tranquille et retirée, s'adonnant à son art, quoique d'une manière réservée et presque timide, car il savait que les Puritains [2] regardaient les arts et toutes les autres belles choses comme l'ouvrage du diable. La maison de Howe, située

1. Homme de lettres et ami de Charles II.

2. Secte qui avait la prétention de pratiquer seule le christianisme dans toute sa *pureté*. Ennemis de la monarchie, ils furent constamment persécutés par les Cavaliers apres l'avenement de Charles II.

parmi les hêtres, était dangereuse pour lui à
cause de sa proximité de Chequers Court[1] et de
la demeure de Hampden ; mais les chefs
révoltés s'étaient montrés des voisins loyaux;
Mme Patience Howe, la femme de l'artiste,
était la fille d'un Puritain, et par conséquent
s'habillait en gris, avec une robe fermée jusqu'au menton. Donc les chefs de la République n'avaient pas persécuté Howe, malgré
ses boucles flottantes et son habit gracieux.
Quelques-uns disaient que jadis il s'était battu
avec les « Ironsides[2] » ; dans tous les cas,
quand Charles II monta légitimement sur
le trône et que le peuple devint fou d'enthou-
siasme, Howe fut accusé d'être de cœur un
partisan de Cromwell. On hua Mme Howe au
marché, on dévalisa le verger de l'artiste, on
vola ses fleurs et on dévasta ses champs; ses
amis lui conseillèrent même de quitter le voisinage, de peur que sa maison ne fût incendiée.

Or, à vrai dire, John Howe était d'un na-

---

1. Résidence temporaire de Cromwell.
2. Célèbre régiment commandé par Cromwell pendant la
guerre civile.

turel doux et pliant, qui pouvait sympathiser tour à tour avec des royalistes et avec des Républicains. Son dévouement à l'art, sa juste appréciation du beau, son amour pour le coloris et la grâce, l'attirèrent vers le trône des Stuarts; de l'autre côté, son caractère pieux et droit, ses goûts sobres, son discernement pour la bienséance, enfin, et par-dessus tout, son affection pour sa femme, l'entraînèrent vers les Puritains. Les hommes se méfiaient de lui avec quelque raison, craignant cette double nature; et ni les Royalistes ni les Puritains ne l'admirent franchement dans leurs rangs.

Deux enfants, Rupert et Gilbert, âgés l'un de quatorze ans et l'autre de dix, remplissaient de joie la maison de l'artiste. Rupert était un jeune garçon courageux et fier qui pouvait à peine souffrir une insulte ou un sarcasme des gens du village — ce qui n'arrivait que trop souvent.

Dans le dessein de lui épargner ce tourment de chaque jour, son père avait résolu de l'éloigner de la maison. Autrefois, quand l'ar-

tiste était un jeune homme timide et studieux,
il avait connu le doux et pensif Evelyn; il
avait même fait le portrait de sa jolie femme.
Evelyn prit intérêt à cet artiste de grande espérance, et lui dit de revenir plus tard à Wotton,
afin de renouveler une vieille connaissance.
Depuis ce temps, des années s'étaient écoulées,
mais Howe n'avait pas oublié ces paroles d'a-
mitié, et, le jour d'en prouver la sincérité
étant venu, Howe s'en alla à cheval à Wotton,
pour chercher M. Evelyn, cet homme bon et
ce Royaliste fidèle.

Comme il entrait par la grille du parc, et
comme il allait au petit galop le long de
l'avenue ombragée, il se mit à méditer sur la
réception qu'il pourrait recevoir du proprié-
taire de Wotton. Jetant un regard sur la
maison, son œil s'anima à la vue d'un groupe
gracieux assis sur le large gazon uni. Il aperçut
un homme d'un âge moyen à côté d'une belle
et noble dame, des jeunes filles fraîches et
jolies qui attachaient un bouquet de fleurs du
printemps, et des joyeux garçons qui jouaient
à cache-cache avec beaucoup de laisser-aller.

Howe mit pied à terre et, conduisant son cheval par la bride, marcha lentement vers la porte. Sur ces entrefaites les garçons, s'étant aperçus de son arrivée, se hâtèrent d'aller à sa rencontre et de remettre son cheval aux soins des domestiques.

« Puis-je parler à M. Evelyn ? dit John Howe à l'enfant blond qui se présentait devant lui.

— Mon père est sur la pelouse, répondit poliment le jeune garçon ; mais le voilà qui vient. Papa, voici quelqu'un qui veut vous parler.

—Monsieur, vous rappelez-vous John Howe ?

— Mais oui, certainement ! mon ami l'artiste, qui a fait mon portrait et celui d'une personne beaucoup plus digne d'être peinte, c'est-à-dire de ma femme. »

En disant ces mots, Evelyn lui tendit la main et l'accueillit avec beaucoup d'amitié et de bonté.

« Nous avons vieilli tous deux depuis ce temps ; et toutes ces figures sont nouvelles pour vous, ajouta-t-il avec un sourire, en montrant ses enfants.

— Et moi, dit Howe, j'ai deux fils aussi. »

Alors Evelyn présenta son visiteur à sa femme et à ses filles; elles s'entretinrent bientôt avec lui et lui posèrent toutes espèces de questions. Il leur donna des nouvelles de sa femme, de sa maison, de ses enfants, et surtout de l'aîné, Rupert, qui, dit-il, avait une forte envie de quitter Wendover, car l'enfant était Royaliste de corps et d'âme et déterminé à servir le roi un jour.

« Envoyez-moi votre petit garçon, dit M. Evelyn avec bonté; il sera élevé avec mon Eustache, et notre savant précepteur, M. Sampson, fera de lui un jeune homme instruit, afin que, lorsqu'il sera en âge, il puisse trouver les moyens de servir le roi tant qu'il le voudra. »

Howe ne se sentit pas de joie.

« Oui, en vérité, je veux le dire, reprit M. Evelyn, Eustache, mon fils aîné, soupire après un compagnon de jeu du même âge que lui. Ces deux petits marmots sont trop jeunes.

— Je serai pour lui une tendre mère, dit

Mme Evelyn avec douceur; rassurez votre femme.

— Mes remercîments sont vraiment une bien faible reconnaissance pour tant de bonté, dit Howe, profondément ému. Le garçon ne sera pas ingrat, monsieur Evelyn, il a le cœur sensible et les insultes des villageois le vexent tous les jours.

— Il faut que Rupert porte de longues boucles et un élégant pourpoint, dit Mme Evelyn; il faut qu'il aille à la fauconnerie et à la chasse, qu'il parle le français, qu'il soit capable de danser le menuet et qu'il sache entendre raillerie, alors il sera un Royaliste digne de Whitehall.

— Il faut qu'il apprenne à manier la plume mieux que l'épée, ajouta promptement son mari; qu'il soit fidèle, courageux, doux, discret, et alors le petit sera un vrai gentilhomme qui pourra servir Sa Majesté, car tel doit être le caractère des gentilshommes d'Angleterre. Mais dites-moi, Howe, votre pinceau a-t-il beaucoup travaillé dernièrement?

— Hier, j'ai essayé une esquisse de peu

d'importance, en effet, mais qui me ferait grand plaisir si elle était aussi charmante que le modèle.

— Et quel peut être le modèle ? quelle jolie dame de la cour a posé ?

— Aucune, mais une jeune marchande d'oranges, qui vend des fleurs et des fruits devant le théâtre du Roi à Whitehall ; une jeune fille riante, gracieuse, avec des joues comme les roses du matin, et qui parle avec un gai accent irlandais.

— Cela ne peut être personne d'autre que Nell Gwynn.

— Oui, c'est Nell Gwynn elle-même ; la connaissez-vous ?

— Si je la connais ! toute la ville la connaît : une jeune fille gaie, espiègle, qui échange des plaisanteries avec la cour du roi, et qui le ferait avec Sa Gracieuse Majesté elle-même, si elle le lui permettait. Mais comment se fait-il que vous, un gentilhomme de province si tranquille et si rangé, avez pu trouver un tel modèle ? »

Howe raconta laconiquement les événements

de sa première matinée à Londres, et son auditoire s'en amusa beaucoup. La soirée qu'il
passa à Wotton fut si agréable qu'il se laissa
facilement persuader de rester avec ses bons
hôtes jusqu'au jour suivant. Ce fut avec un
cœur bien joyeux qu'il monta à cheval le lendemain matin et s'éloigna de la maison hospita-
lière, en appelant mille bénédictions sur le
toit qui devait abriter son fils.

II

LE THÉATRE DU ROI

C OMME notre voyageur s'en retournait à Londres, il cherchait de quelle manière il pourrait passer la soirée, et résolut d'aller au théâtre du Roi voir une de ces pièces qu'on venait de permettre de rejouer.

Le gouvernement dur et sévère des Puritains avait pesé lourdement sur la contrée. Parce qu'ils s'habillaient en noir et en gris, ils désiraient que tout le pays se montrât sous un jour aussi monotone, et ils avaient rigoureusement coupé les mais, interdit la danse, les jeux, les fêtes, les festins, et par-dessus tout le spectacle. De malheureux acteurs avaient été chassés de toutes les villes et des actrices avaient été mises au pilori, fouettées, emprisonnées et leur profession presque détruite. La gaie Angleterre n'avait plus de gaieté ; une citation de Ben Johnson ou de Shakespeare était une source funeste de dangers pour celui qui l'avait dite ; une chanson, voire même un hymne, était une impiété, et on avait déclaré que la musique de la viole et de l'épinette était une abomination du diable.

La jeunesse de Howe s'était passée sous cette règle sévère, et c'était seulement à cause de sa joyeuse nature d'artiste qu'il avait pu garder quelque sympathie secrète pour ces· plaisirs mondains qu'il avait goûtés en France et en Italie.

Ce fut avec une vive sensation de curieuse impatience que Howe quitta sa maison une heure à peine après son arrivée à Londres, et se dirigea vers le chemin qui conduissait directement à Whitehall. Il s'était soigneusement habillé et avait essayé de rivaliser avec les

gracieux Royalistes, qui portaient leurs chapeaux pointus coquettement posés sur leurs
boucles.

Whitehall était foulé ; les carrosses roulaient
pesamment le long de la rue ; on portait rapidement les chaises à porteurs ; les piétons se
suivaient avec vitesse, tandis que le soleil était
très-élevé au-dessus de l'horizon et ce beau
jour de printemps était encore loin de son
déclin.

« Est-ce que vous êtes venu pour voir *Macbeth*, monsieur ? » demanda une voix jeune et
fraîche à côté de Howe.

Comme il se retournait, il vit Nell Gwynn
parmi la foule. Elle souriait et semblait ra-
dieuse ; son panier, légèrement suspendu à son
bras rond et blanc, était rempli de violettes
et de fleurs du printemps.

« Vous avez tenu votre promesse, monsieur,
dit Nell en riant ; maintenant, voyez ce que
je vais faire pour vous. Mettez-vous ici à côté
du pilier (ne faites pas attention à mon vieux
manteau, il n'abîmera pas le vôtre, qui est si
beau) et écoutez-moi.

— Mais, Nell, je suis venu pour voir le spectacle et non pour vous écouter; pour entendre ce qu'a dit un grand poëte, si on va réellement jouer *Macbeth* ce soir.

— Est-ce que vous ne me croyez pas, monsieur? Alors demandez au premier venu; mais il y a encore du temps avant que le spectacle commence, ainsi restez ici et regardez. »

Howe, heurté de côté par un groupe de personnes qui s'avançaient, permit à quelques porteurs de chaises de le dépasser.

« Regardez, monsieur, s'écria Nell, voilà le duc d'Albemarle, magnifiquement vêtu, et voici milord Sandwich et milord Rochester, et là-bas M. Pepys[1], le plus élégant de tous, avec un mot aimable pour tout le monde; et voici encore Sa Grâce le duc de Buckingham, le plus grand seigneur de la cour et le favori extraordinaire du roi.

— Nell, jolie Nell, où te caches-tu, mon

---

1. Secrétaire de l'amirauté et auteur de *Mémoires* qui donnent de précieux renseignements sur les mœurs de son temps.

enfant? Apporte-moi un bouquet pour la plus charmante dame. »

C'était la voix de Buckingham, et Nell Gwynn se hâta de se présenter devant lui.

« Vous cachez-vous parmi les violettes, mon enfant? dit Sa Grâce en riant.

— Oui, monsieur, jusqu'à ce que l'éclat de votre personne m'attire au jour; c'est-à-dire le rayonnement de vos diamants, dit Nell, qui avait saisi le jargon du temps. Mais pour qui est le bouquet? ajouta-t-elle espièglement.

— Pour la plus jolie dame d'ici », s'écria Buckingham, comme une forme féminine descendait d'une chaise à porteurs.

En un clin d'œil il fut à son côté et lui offrit les fleurs.

« Sur ma vie, c'est Mme Steward [1]! murmura Nell à Hove, et qui peut la suivre, si ce n'est lady Castlemaine! »

A l'arrivée de cette beauté célèbre, habillée d'une robe jaune et ses blondes boucles couronnées de bijoux, les spectateurs se reculèrent

1. Célèbre beauté de ce temps.

un instant, et Howe put voir le violent mépris avec lequel les deux rivales se regardèrent.

« Nell, Nell, où sont nos bouquets? » s'écrièrent plusieurs voix joyeuses.

Il y avait le duc d'York, frère du roi, et le duc de Monmouth avec sa vive et belle figure, puis d'autres dames et d'autres seigneurs étincelants de bijoux; cependant les dames étaient habillées d'une manière si peu modeste que Howe en rougit.

« C'est une pièce ennuyeuse que nous sommes venues voir, dit une belle dame; pourquoi ne nous donne-t-on pas *The mad lovers* ou *The Custom of the country*? Shakespeare convenait parfaitement peut-être au temps d'Élisabeth, mais aujourd'hui il nous faut de l'esprit et de la gaieté.

— Alors vous devriez écrire les pièces vous-même, madame, dit un gentilhomme de grande taille, avec les yeux brillants et clairs.

— Quoi! vous ici, sir Pierre Lely [1]? Quand

1. Peintre de la cour sous les règnes de Charles Ier et de Charles II.

voulez-vous que je pose pour mon portrait ?

— Pas avant que j'aie fini celui de sa Très-
Gracieuse Majesté la reine.

— Alors, sir Pierre, il vaut mieux vous hâ-
ter, car des deux, ma figure est celle qui vous
fera le plus d'honneur.

— L'effrontée ! dit Nell ; c'est Mme Mallet,
que les messieurs appellent la beauté du Sud.
Mais qui vient là ? Sa Très-Gracieuse Majesté
le roi. »

A ces mots, qu'on se répétait de l'un à l'autre,
tout le monde se précipita en avant, et Nell
Gwynn fut entraînée jusqu'à la porte même du
théâtre. Une chaise à porteurs, soutenue par
quatre hommes et escortée par sept ou huit
pages de service, tous magnifiquement vêtus,
paraissait en ce moment devant la porte, et
Charles II se leva de son siége de satin entouré
de rideaux. Habillé entièrement de velours
couleur de rose, avec un manteau blanc brodé
d'argent, des manchettes et un col de dentelle,
et une agrafe d'émeraudes et de diamants, le
roi semblait résolu de rapporter en sa propre

personne toute la magnificence des cours étran-
gères. Sa figure était bronzée par ses nom-
breux voyages, sa peau était d'une pâle couleur
d'olive, et sa perruque, dont les boucles tombaient bien au-dessous de ses épaules, était
comme le jais le plus noir. Ses traits, assez ordi-
naires, étaient éclairés par un air singulièrement gai et aimable, et ses yeux révélaient un
grand penchant pour la raillerie. Cependant,
sa bouche sensuelle et mobile et son menton
fuyant indiquaient l'irrésolution, les passions
sans frein et une gaieté sans dignité.

La jeune marchande de fleurs se tenait directement sur le chemin du roi.

« Flore elle-même ! dit le gai monarque en
prenant quelques violettes de la corbeille. Les
fleurs du printemps sont toutes ici, mais les
roses sont sur vos joues, ma belle, et les ne-
m'oubliez-pas dans vos yeux. »

Nell rougit de plaisir.

« En effet, Votre Majesté, j'espère que non,
dit-elle vivement.

— Et pourquoi pas, Nell?

— Parce que c'est la rosée qui rend les fleurs

fraîches et odorantes et que je ne veux pas de larmes. »

Le roi rit ; il prenait toujours un grand plaisir dans la repartie.

« Alors vous aurez des sourires, Nell, dit-il en lui jetant une pièce de monnaie. Venez toujours au théâtre, m'entendez-vous? » ajouta-t-il à voix basse.

Nell entendit mais elle s'éloigna rapidement, car plusieurs personnes se pressaient autour du roi. Howe était tout près d'elle et fu étonné de ce qu'il avait entendu.

« Comme le velours était doux ! dit Nell, enchantée ; j'ai touché l'habit de Sa Majesté, et comme ses bijoux étincelaient ! »

Dans le théâtre résonnaient les paroles du grand poëte, et ceux qui écoutaient, ou bâillaient, ou riaient, ou babillaient, pendant qu'on jouait, furent réduits au silence par l'entrée du roi, qui s'assit à côté de lady Castlemaine.

Howe était un des spectateurs.

« Je préfère, pensa-t-il, entendre lire Shakespeare au milieu des hêtres chez moi, que de le voir jouer dans le théâtre royal. »

En se levant le lendemain matin, le regard de Howe tomba sur l'esquisse de Nell Gwynn, et il résolut d'y mettre le dernier coup de pinceau. La figure et la personne de la jeune fille étaient encore assez vives dans sa mémoire pour qu'il souhaitât de les reporter sur la toile ; aussi il s'appliqua à l'ouvrage avec tant de bonne volonté et travailla si longtemps et si patiemment que le résultat fut meilleur qu'il ne l'avait espéré. Certainement, il était alors trop tard pour partir pour le Buckinghamshire, mais il avait bien employé sa journée.

De bonne heure, le lendemain matin, avant le lever du soleil au-dessus de la Tamise, Howe était monté sur son bon cheval et se dirigeait vers le nord. Ce fut vers la fin de l'après-midi du même jour que Howe longea les collines de Chiltern, traversa la ville active de Wendover, et avança au petit galop dans une avenue de hêtres verts et frais, d'où il sortit pour gagner une maison jolie, mais basse, bâtie irrégulièrement dans le style du temps d'Élisabeth. Un petit gazon uni et soyeux s'étendait comme une émeraude devant la maison ; quelques ifs sombres abritaient une terrasse, et, en regardant de plus près, on pouvait voir un jardin sur les noirs parterres duquel le printemps venait de jeter un gai manteau. Deux petits garçons aux joues vermeilles se précipitèrent par la porte ouverte à la rencontre de leur père. A peine Howe s'était-il dégagé de leur embrassade, qu'il se retourna pour recevoir le gracieux accueil de Mme Patience, qui, habillée du gris le plus tendre, avec une élégante ruche autour de son cou, se dessinait clairement au milieu des rayons pourprés du soleil couchant.

« Patience, ma chère femme, que pensez-vous que j'aie à vous dire ? Notre petit Rupert va servir le roi et M. Evelyn, le grand, le bon M. Evelyn sera son protecteur à Londres. »

— Il en aura besoin dans cette Babylone, répondit tristement la dame puritaine ; mais, John, faut-il absolument que l'enfant s'en aille ? »

Des ombres s'étaient glissées dans ses yeux.
Howe la reconduisit dans la maison, et, royaliste comme il l'était, il bénit la haute ruche
et la robe modeste de sa femme.

III

DANS LE BUCKINGHAMSHIRE

A mère s'affligea et se tourmenta à cause du prochain départ de son fils aîné, mais celui-ci fut très-empressé de s'en aller.

Londres! quel tableau enchanteur ce mot évoquait, quel gai mélange de Cavaliers magnifiques, de dames joyeuses, de carrosses, de chevaux, de spectacles, de danses, de masques — enfin de tout ce qu'il avait rêvé dans sa chambre petite et tranquille!

Rupert, doué de la beauté de sa mère, avait hérité cependant de la nature de son père.

Gilbert, le second et le plus jeune (il n'avait que dix ans) était un sage petit garçon aux yeux brillants, et Patience, au fond de son cœur, espérait que ses dispositions et son caractère pourraient ressembler de quelque manière à ceux de son propre père, qui avait été célèbre dans tout le voisinage par sa sagacité, sa justice et sa modération.

Son plus tendre amour était pour Rupert, l'enfant gâté; son admiration et son espoir étaient fondés sur Gilbert. Le lendemain matin, Howe présenta une petite épée à son fils aîné, et, le menant dans son atelier, grande chambre peu meublée, lui donna, sa première leçon d'escrime, art si important à cette époque. Rupert, enchanté, s'adonna avec ardeur à cette nouvelle et fascinante étude; mais il fut soudainement arrêté par la vue d'une grande toile appuyée contre le chevalet de son père, et qui avait une apparence assez séduisante pour inviter le jeune garçon à la regarder.

« Mais mon père, dit-il avec curiosité, quand avez-vous peint cette jolie petite fille?

— A Londres, Rupert.

— Qu'est-ce qu'elle fait, mon père ? elle tient une corbeille à la main.

— Oui, mon enfant; c'est une marchande de fleurs, qui se tient à la porte du théâtre du Roi.

— Le théâtre, mon père ! Oh ! que j'ai envie de voir jouer une pièce !

— Mais Rupert, il faut bien travailler, être un garçon sage et ne pas penser seulement aux pièces de théâtre et aux fêtes.

— Vous savez, mon père, dit l'enfant, que je tâcherai d'être une bonne épée. Le vieux Martin me dit que je monte à cheval assez bien et maintenant je puis sauter sur la selle comme un Cavalier. Il faut que vous m'enseigniez l'escrime; pour apprendre à tirer du pistolet et à estramaçonner je puis aller à l'hôtellerie; quant à la fauconnerie et à la chasse les habitants de Wendover ne s'y entendent pas, et pour la danse, il faut que je n'y songe pas du tout. Si ma mère voulait avoir la bonté de me montrer le pas du menuet...

Howe ne put s'empêcher de rire.

« Et quoi encore, mon petit écolier ?

— Mais oui, dit Rupert; il faut que j'apprenne la grande révérence, la démarche française, le langage de la cour, la science des armoiries, le titre des grands seigneurs, la manière dont on doit s'adresser aux dames.

— Rupert, mon fils, dit Howe, tout cela viendra avec le temps, pourvu que vous n'appreniez pas trop de choses à Londres qui exigeront d'être désapprises; mais faites grande attention à tout ce que dit M. Evelyn, car il veut que vous soyez très-instruit.

— Je crois que j'aimerais mieux être Cavalier, dit l'enfant.

— Un bon Cavalier doit être aussi un gentilhomme très-instruit, répondit Howe; seulement suivez les conseils de M. Evelyn et peut-être deviendrez-vous l'un des pages du roi. »

La leçon d'escrime avança alors avec vigueur, mais elle finit d'une manière un peu précipitée, car le maître et son élève furent interrompus par Mᵐᵉ Patience elle-même. Elle tenait une lettre ouverte en main.

« Mon cher ami, dit-elle vivement d'une voix agitée, j'ai des nouvelles de mon frère. »

Howe s'arrêta et demanda avec inquiétude :

« A-t-il gagné la Hollande? est-il hors de
danger?

— Hélas! non, il n'a pu entreprendre le
voyage : c'était trop périlleux. On le soupçonne de trahison et il est revenu sur ses pas.
Nos ennemis l'ont accusé de conspiration et il
est en route pour venir ici.

— Ici! s'écria Howe, dont les yeux noirs s'en-
flammèrent et le front se plissa; ici, pour faire
de notre maison une ruche de frelons, pour
faire croire aux hommes que nous sommes
vraiment des Puritains! ici, pour amener la
sédition, pour exciter ce pays déloyal à se révol-
ter encore, pour donner des espérances aux
vieux Covenanters, pour faire maudire notre
nom[1]! Patience, je ne recevrai pas votre frère
dans cette maison.

— Quoi! mon cher oncle Randall? dit le
petit Gilbert, caché derrière les jupes de sa

---

[1]. Ceux qui signèrent le *Covenant*. Voyez l'histoire d'Angleterre 1586 et 1638.

mère; il a été si bon pour nous, mon père.

— Il a trahi le roi, exclama Howe.

— Alors il n'est pas notre oncle, dit le petit Rupert, qui tenait son épée à la main.

— Mes enfants, dit leur mère sévèrement, allez, occupez-vous à quelque chose qui vous convienne mieux que de vous mêler dans la conversation des grandes personnes. »

Et les garçons quittèrent la chambre, très-agités mais réduits au silence.

« Maintenant, Howe, écoutez-moi, dit-elle quand ils furent partis; vous savez que les terres et les richesses de Randall ont tenté ses ennemis de l'accuser, et, une fois déshonoré par le nom de traître, ces juges infâmes jureraient qu'il est le diable lui-même. Hélas! où est le temps de Cromwell, quand mon père rendait la justice dans le pays!

— Les Têtes-Rondes[1] ont dévalisé assez complétement les coffres des Cavaliers, Patience, et n'ont pas laissé de grandes provisions dans

---

1. Sobriquet des Puritains, ainsi nommés à cause de l'aspect bizarre qu'offrait leur tête rasée.

leurs maisons; mais, ma chère, nous n'allons pas recommencer cette vieille dispute. Je vous ai épousée comme étant Patience Randall, la fille d'un Puritain, et vous, vous m'avez épousé comme étant un certain John Howe, un pauvre Royaliste.

Et le gai artiste sourit, mais la femme puritaine n'eut aucun sourire pour réponse.

« John, dit-elle, cette nuit même, quand la pendule sonnera onze heures, mon frère Randall sera au pied de la colline qui s'élève de la ville de Wendover, et j'irai là à sa rencontre.

— Vous, Patience?

— Je le verrai; je lui dirai de votre part qu'il ne doit craindre aucune trahison dans cette maison, que nous sommes vrais et loyaux comme autrefois, et que, en souvenir des jours pendant lesquels lui et ses partisans nous ont sauvés de la fureur des Ironsides, nous les sauverons des langues empoisonnées de ces créatures de la loi. »

Puis, Patience posa ses lèvres sur la main de son mari et demeura silencieuse devant lui.

« Ainsi soit-il, ma femme, dit Howe, qui était, comme d'ordinaire, sous la domination ferme et juste de sa femme; mais l'arrivée de votre frère hâtera le départ de votre fils.

— Que voulez-vous dire?

— Rupert partira demain pour Wotton, accompagné de Martin, comme son écuyer fidèle. »

Ainsi se terminèrent les leçons du père dans l'art de l'escrime.

Le soir même Rupert fut informé par sa mère qu'il allait la quitter le lendemain matin; il reçut alors des mains de son père une lettre adressée à M. Evelyn, sa petite épée, un petit pistolet et un nouveau panache blanc pour son chapeau de feutre. Sa mère lui donna un livre d'hymnes à converture sombre et son portrait en miniature, avec une mèche de ses cheveux et de ceux de Gilbert derrière le cadre.

L'artiste alla alors à l'écurie avec Martin, regarda le poney de son fils pour voir s'il était fort et en bon état, et donna à Martin des instructions spéciales touchant le voyage. Rupert et Gilbert, consternés de tous ces apprêts, restèrent tranquillement dans la chambre de chêne, jusqu'à ce que Mme Howe leur apportât leur souper et leur dit de manger et de prendre courage. La pauvre femme avait les larmes aux yeux et un sanglot dans la voix, et, lorsqu'elle se pencha au-dessus de Rupert et toucha une de ses boucles soyeuses, ses larmes coulèrent abondamment. Quand elle fut sortie, les enfants causèrent gravement en prenant leur repas, et enfin lorsqu'ils se couchèrent, ils s'embrassèrent tendrement et gémirent encore pendant leur sommeil.

La nuit était obscure, mais Mme Howe ne craignait pas. Quand la pendule sonna onze heures, elle s'enveloppa de son gros manteau avec un capuchon noir, et, sortant sans bruit de la maison, elle s'en alla lestement, descendit la colline escarpée jusqu'à ce qu'elle fût arrivée tout près de la ville de Wendover; puis, s'arrêtant soudainement près d'un grand hêtre, elle appela à voix basse :

« Randall, Randall !

« Patience, ma bonne sœur! fut la réponse,
et elle se sentit fortement embrassée par une
grande forme noire. Je viens comme le re-
nard chassé de sa tanière, qui ne sait où reposer
sa tête; dis-moi, est-ce que John Howe me
donnera un asile?

— Sa femme le veut, répondit vivement
Patience, mais pas dans la maison, mon
frère; ce ne serait pas bien à cause des enfants, car déjà le peuple nous soupçonne,
malgré le départ de Rupert pour aller servir
le roi, départ qui aura lieu demain.

— Je voudrais qu'il allât servir un élu du
Seigneur, ma sœur, et non ce prince vain et
indiscret, auquel aucune personne pieuse ne
doit se fier.

— Chut! Randall, ne parlez pas de trahison contre Sa Majesté. Quoique le cœur de
mon mari soit dévoué à l'oint du Seigneur, il
vous aidera, Randall, dit Patience sévèrement; mais il me faut promettre d'être
discret.

— Notre jour reviendra, ma sœur; si ce
n'est pas ici, ce sera dans ce grand et nouveau

pays où le *Mayflower* [1] est allé avec ceux qui souffrirent sous le règne du père de Stuart [2]. »

— Silence Randall, je vous prie de...

— Ma sœur, je suis exténué de fatigue ; conduisez-moi où je pourrai avoir du repos et de la nourriture.

— Je vous ai préparé une chambre moi-même dans le vieil ermitage, une partie démantelée de notre maison, où personne ne peut vous surprendre ou vous troubler ; c'est au bout le plus reculé du jardin ; là vous aurez de quoi manger et de quoi boire.

— Un véritable repaire de bêtes féroces », dit Randall, durement, tout en suivant Mᵐᵉ Howe.

Comme elle montait la colline et s'avançait dans l'avenue de hêtres, son cœur lui fit craindre qu'elle ne fût sur le point d'attirer la ruine sur elle et sur son mari ; malgré cela, elle mit sa main dans celle de son frère, le

1. Vaisseau qui transporta les premiers Puritains qui émigrèrent en Amérique, devenu ainsi historique.
2. Charles Iᵉʳ. Les Puritains ne donnaient jamais un titre.

conduisit adroitement le long d'un sentier quelque peu obscur et couvert, et enfin arriva à une porte à demi cachée. Elle tourna une clef rouillée dans la serrure et entra dans une salle de pierre qui conduisait à une petite chambre, dont les défauts avaient été à moitié dissimulés par ses mains affectueuses. La lumière d'une lampe, suspendue au plafond, mettait en relief une table couverte de mets sains et appétissants, et permettait à la vue de se reposer sur les rideaux blancs d'un lit, un banc moderne et les joncs frais et verts[1] du parquet. La lampe montrait aussi les joues pâles et les yeux rouges de Mme Patience, et la figure sombre et bien rasée de son frère, qui portait les cheveux courts d'après la mode des Puritains de ce temps. Ses yeux étaient singulièrement vifs et perçants, sa figure pâle et un peu fatiguée par le chagrin ; mais un regard d'énergie invincible, commun au frère et à la sœur, marquait leur parenté.

« Patience, tu es triste, s'écria Randall, re-

---

1. Ils servaient alors de tapis dans les maisons bourgeoises.

gardant sa figure à la lueur de la lampe ; que ma charmante et jolie sœur est changée !

Ce, fut son premier mot d'affection et Patience fondit en larmes.

— Quoi ! ce doux John Howe est-il un mauvais mari ? alors en effet...

— Non, non, mon frère, interrompit Patience, dont les larmes coulèrent sans contrainte, John Howe est toujours un bon et tendre mari, en même temps qu'un gentilhomme loyal et sincère ; mais mon cœur est faible et j'ai d'étranges pressentiments...

— Dis plutôt que ta foi est faible, Patience.

— Eh bien, soit, si le tu veux — et Rupert, mon enfant, me quitte demain ; mais, mon frère, il faut que je te souhaite une bonne nuit. Dors bien, je reviendrai demain matin — puis elle l'embrassa affectueusement et ajouta tout bas : Ne nous oublie pas dans tes prières.

— Reste, Patience, et prie avec moi, dit le Puritain en se découvrant et en se mettant à genoux.

— Je ferai mes prières près du lit de mon

4

enfant, dit Patience, et puissent-elles être exaucées !

— Amen », répondit Randall.

Mais comme il se retournait vers sa sœur, elle avait disparu, et courait au plus vite vers sa maison. John Howe l'attendait sur le seuil de la porte.

« Patience, dit-il, puissions-nous ne pas regretter d'avoir donné un abri à ton frère ! »

Elle ne répondit pas, mais elle monta l'escalier et entra doucement dans la chambre où ses enfants dormaient.

La séparation avait eu lieu. Les larmes enfantines de Rupert avaient coulé abondamment, ses gais yeux noirs avaient été obscurcis par la tristesse ; il s'était suspendu au cou de sa mère et à la petite main de Gilbert et avait presque perdu son courage au moment du départ. Cependant, son père promit de l'accompagner jusqu'au premier relais, et, un peu consolé, Rupert monta sur son poney. Se tenant droit sur la selle, avec ses boucles blondes flottant sur ses épaules et ses joues rougies d'émo-

tion, des pieds à la tête il avait l'air d'un véritable Cavalier. Derrière lui était le vieux Martin
monté sur un énorme cheval, écuyer fidèle
de son petit maître. Le poney se mit au trot,
Rupert ôta son chapeau de feutre, puis inclina
la tête jusqu'à la crinière du poney pour cacher
le flux de larmes qu'il ne pouvait réprimer.

John Howe, sur ces entrefaites, pressa la
main glacée de sa femme.

« Ne pleurez pas, Patience, dit-il ; le bon
M. Evelyn sera un vrai et fidèle ami pour
notre fils, et Wotton est plus en sûreté que
Wendover ; dites à Randall de ne pas quitter
sa retraite. »

Après quoi il sauta sur la selle et tous trois
partirent pour leur voyage.

Patience resta sous le porche, les yeux fixés
sur les voyageurs dont les formes diminuaient
sensiblement ; ses mains pendaient négligem-
ment à ses côtés et une larme glissa sur sa joue
pâle. La voix de son enfant la fit sortir de
cette rêverie.

« Ma mère, où est mon oncle Randall ?
C'était le petit Gilbert qui parlait.

— Que veux-tu dire, mon enfant? dit Patience en rougissant vivement.

— Bridget m'a dit que mon oncle était revenu. Est-ce vrai, ma mère?

Patience, qui était extrêmement véridique, répondit :

« C'est vrai.

— Est-il ici, chère mère?

— Pas dans cette maison, mon fils.

— Mais près d'ici, n'est-ce pas? je désire le voir. Mon oncle m'a donné un livre de chants que je garde encore.

— Gilbert, votre oncle est dans l'Ermitage, où il se cache des hommes méchants. Si vous le voyez, ne parlez de lui à personne.

— Pas même si l'on me le demande, ma mère? dit l'enfant.

— On ne vous le demandera pas », répondit Patience brièvement.

Et prenant la main de Gilbert, elle se dirigea vers l'Ermitage par un sentier détourné. Le léger coup qu'elle donna sur la porte reçut une prompte réponse, car Randall attendait sa

sœur, mais non l'enfant, et à sa vue, son regard s'adoucit.

« Gilbert ? demanda-t-il.

— Oui, mon oncle Philippe, je suis Gilbert.
Rupert vient de partir pour Wotton, chez
M. Evelyn.

— Cet enfant ressemble à notre père, Patience. Puisse-t-il en grandissant rester fidèle
à la foi [1].

— Gilbert est un petit garçon franc et loyal,
répondit la mère, dont la pensée se porta encore vers son enfant absent ; mais il n'est pas
plus noble que Rupert : que Dieu le prenne
sous sa protection !

— N'invoque pas si légèrement le nom du
Seigneur, dit le Puritain ; c'est une des
mauvaises habitudes des Cavaliers.

— Si son nom est dans nos cœurs, il faut
qu'il soit sur nos lèvres. N'y trouve pas à re-
dire, mon frère ; mais dis-moi, quels sont tes
projets ? Bien entendu, ce n'est pas de rester
ici comme un lion dans une cage. »

1. C'est-à-dire la foi ou les croyances des Puritains.

Randall sourit.

« Tu me connais depuis longtemps, ma
sœur. Écoute : j'ai des amis à Princes Risborough, à Wendover et à Wycomte. Ce soir ils
viendront à ma rencontre dans les bois de
Hampden ; demain, j'ai un rendez-vous avec
quelques autres élus, près de la cité d'Oxford ;
après-demain je reviendrai près de toi et, après
avoir passé une ou deux nuits dans cette retraite, je partirai pour l'Écosse, dans l'intention
de mener à bonne fin les projets que l'on m'a
confiés.

— Randall, sois prudent et ne conspire pas
contre Sa Majesté : le sort du traître est affreux.

— Je ne conspire pas, répondit Randall ;
mais je mettrai en sûreté ceux qui m'ont
donné leur confiance, et moi-même je conduirai la seconde bande de pèlerins qui suivent la
fortune du *Mayflower*. Mon enfant, veux-tu
venir avec nous ?

Gilbert rougit.

« Le chemin est long et rude, mon oncle.

— Il te conduira à travers l'Océan dans un
nouveau pays où il n'y a aucun roi. »

« Gilbert secoua la tête.

« Non, dit-il tranquillement. Rupert aura besoin de moi peut-être à Wotton.

— Quoi ! un autre Royaliste ! » dit Randall.

Sur ces entrefaites Patience avait tiré une bourse de sa poche et essayait de forcer Randall à la prendre, sachant qu'il en avait grand besoin ; mais Randall, d'un naturel concentré et austère, ne voulut pas prendre l'argent.

« Ce n'est pas le tien, c'est celui de ton mari, dit-il sèchement. Garde-le pour quand tu en auras besoin ».

Enfin le frère et la sœur se séparèrent. Gilbert s'en alla en méditant sur l'étrange manière de parler et sur la voix singulière de son oncle, formées sur le modèle exact de ceux qu'il regardait comme les élus du Seigneur, et qui avait été en grande vogue pendant la République. Comme Gilbert montait l'escalier qui conduisait à sa chambre, il rencontra Bridget, la domestique de la maison.

« Ainsi donc, dit cette bonne femme, le gentilhomme puritain se cache ici. Je lui ferai cuire des gâteaux et vous les lui apporterez.

Juste ciel, mon enfant, autrefois nous étions tous Puritains et saints du Seigneur ; mais autre temps autres mœurs, et maintenant nous sommes tous de misérables pécheurs. »

Gilbert, pour toute réponse, demanda à Bridget de lui faire réciter la dernière chanson qu'il avait apprise. La chanson était un hymne et Bridget, après avoir écouté un verset, retourna à ses gâteaux.

IV

UNE PROMENADE A CHEVAL
SUR LES COLLINES DE CHILTERN.

Qu'y a-t-il de plus agréable qu'une promenade à cheval par une belle matinée de printemps, quand la terre, couverte de rosée, resplendit à la clarté du soleil levant, quand l'air est parfumé et égayé par le chant des oiseaux ? Qu'y a-t-il de plus délicieux qu'une promenade à cheval sur le bord d'une colline bien boisée, avec un paysage qui s'étend à perte de vue ; un paysage qui, étant indistinct dans le lointain, laisse un champ libre à l'imagination, comme l'avenir mystérieux de la vie, dont l'horizon est plein de brillantes espérances. Les yeux de Rupert brillèrent, ses joues se colorèrent et son cœur sembla battre à l'unisson avec cette nature joyeuse qui s'épanouissait autour de lui. Les dispositions d'artiste dont il avait hérité de son père le rendirent vivement sensible aux objets et aux sons qu'il rencontrait à chaque pas.

« Mon enfant, dit Howe, comme nos collines de Chiltern sont belles ! où pouvons-nous respirer un air plus pur ? où trouver des arbres si magnifiques ? C'est une ligne glorieuse de collines, commandant à un comté qui sera célèbre dans l'histoire, car c'est dans ce comté que demeurèrent Cromwell, Ireton[1] et Hampden.

— Des Puritains, exclama Rupert.

— Oui, mon fils, des Puritains — souvent cruels, souvent méchants, souvent dans leur tort, mais des hommes qui combattirent pour la liberté et qui la gagnèrent.

1. Célèbre général puritain et gendre de Cromwell.

— Cependant, mon père, vous me commandez de servir le roi.

— Le roi a été rétabli par ses sujets, mais il faut que Sa Majesté respecte les droits gagnés par les hommes qui ont marché sur ce sol. Ah! il me semble qu'il y a un air de liberté dans ce comté qui ne sera jamais corrompu, et il m'est plus cher qu'aucun autre. A présent nous arrivons à la fidèle et loyale ville de Berkhamstead et nous descendrons à l'hôtel de *la Couronne du Roi,* où nos chevaux se reposeront ».

Comme les trois voyageurs entraient dans Berkhampstead, ville longue et bien bâtie, les hommes s'arrêtèrent dans les rues pour les regarder, tandis qu'ils étaient accueillis à l'hôtel avec un soin tout particulier.

« Monsieur Howe, dit l'hôtelier tout en aidant officieusement l'artiste à descendre de son cheval, vous êtes un meilleur hôte que ceux qui ont traversé notre ville ce matin.

— Et qui peuvent-ils bien être?

— Des hommes qui avaient l'air de Têtes-Rondes et qui ne présagent rien de bon.

Howe pâlit.

« Où vont-ils ?

— On dit à Oxford, pour rencontrer un certain M. Randall; mais ce gentilhomme est poursuivi par les serviteurs de Sa Majesté, et une fois attrapé, ventrebleu ! il n'y aura pour lui qu'un chemin, celui qui conduit à la Tour[1].

— M. Randall est en route pour la Hollande, dit Howe. Rupert va, soigne ton poney; n'oublie jamais ton cheval, mon enfant. »

Et l'artiste repoussa son chapeau impatiemment derrière sa tête et fredonna une chanson cavalière.

Quand le repas fut fini, John Howe prit l'enfant dans ses bras, le bénit et l'embrassa. Son cœur souffrait, car Rupert était encore enfant, et il lui semblait dur de l'envoyer tout seul dans le monde.

« N'ayez pas peur, monsieur Howe, dit le vieux Martin, votre fils n'aura aucun mal; il sera plus en sûreté que chez vous. Il y a dehors des personnes dont je n'aime pas l'apparence, ajouta-t-il plus bas; prenez garde, mon bon maître.

1. Prison d'État sur la rive gauche de la Tamise.

— Je sais, je sais, mon brave Martin. Adieu, cher enfant, et que le Seigneur te protége ! »

Ainsi finit la seconde séparation.

Le soleil de l'après-midi dorait le lointain payage lorsque John Howe monta sur son cheval pour retourner chez lui ; mais bientôt il s'aperçut qu'il avait été épié et il ne se passa pas long-temps avant qu'il fût rejoint par quelques voya-geurs qui paraissaient désirer sa compagnie pour charmer l'ennui de la route. Trois hommes ha-billés d'une manière voyante et de mauvais goût, avec toute l'exagération de la mode du temps, mais montés sur de misérables chevaux fatigués, s'avancèrent à côté de John Howe et, ôtant son chapeau, le plus âgé des trois l'accosta ainsi :

« Bonjour, monsieur. Vous paraissez bien connaître ce pays. Il me semble que vous pouvez nous indiquer le chemin qui conduit à Princes Risborough.

— Il me semble que vous le connaissez aussi, dit John Howe en souriant, puisque vos chevaux sont tournés dans cette direction ; mais par hasard vous avez bien deviné : je demeure dans ce pays.

— Un pays où je crains que Sa Majesté ne
soit que peu honorée, continua son interlocuteur. On dit que ces collines de Chiltern ren-
ferment des retraites pour les Têtes-Rondes, et
que beaucoup de manoirs royalistes donnent
un abri aux rebelles Puritains. Cela peut être
vrai, répondit John Howe tranquillement. Je
ne sais rien de ces choses et je puis à peine
croire que des gentilshommes comme vous,
avec un air si honnête et si poli, soient en train
de battre le pays à la poursuite de quelque
misérable malavisé, qui, tôt ou tard, doit
tomber par sa propre folie.

— Pas pour un seul, monsieur, dit le
voyageur, mais pour toute une bande, et il
me semble que nous les trouverons à Princes
Risborough; donc, pour montrer votre bonne
volonté envers les Royalistes, soyez un des
nôtres, et avançons au nom du roi!

— Non, non, dit John Howe, vous me faites
trop d'honneur et vous vous trompez sur ma
profession. Je ne suis ni soldat en faction, ni
agent de la loi, mais un simple artiste menant
une vie tranquille et retirée.

— Mais toutefois monté à cheval, botté, éperonné et armé, fit l'un des hommes.

— C'est vrai, répondit John Howe. Je viens de quitter mon petit garçon au premier relais de son voyage à Londres, où il va pour servir le roi, et maintenant je retourne chez moi.

— Demande-lui son nom ; c'est certainement John Howe, chuchota l'un des hommes à l'oreille de son compagnon.

— Tu as raison ! Grenville...

— Mon bon monsieur, dit l'un d'eux qui portait le nom de Smith, puis-je vous demander si vous savez quelque chose d'un certain M. John Howe !

— Un peu, extrêmement peu ; mais assez pour pouvoir vous présenter à lui, quand vous le désirerez.

— Je le désire bien et même je le demande, car M. John Howe est accusé d'avoir des relations avec les Puritains et je voudrais lui donner un avertissement amical.

— Alors nous nous hâterons d'aller chez lui. Moi-même je vous accompagnerai et vous aurez un voyage rapide et sûr ; mais, comme j'ai des affaires à finir avant le coucher du soleil, il faut que nous partions tout de suite s'il vous plaît. »

A ces mots John Howe éperonna son cheval et s'élança au grand galop.

Les trois hommes, à peine prêts pour un si prompt départ, firent de même et tous commencèrent à courir à grande vitesse sur le chemin. Tout d'un coup Howe arrêta son cheval et, sans prévenir ses compagnons, se tourna rapidement à gauche et commença à gravir la colline, qui était couronnée de hêtres.

« Votre chemin n'est pas facile à suivre, dit Smith, s'efforçant de monter après lui. »

Son cheval et ceux de ses deux compagnons commencèrent à haleter et à fumer; mais Howe, monté sur un coursier frais et vigoureux, se trouva en état de pousser rapidement en avant, ce qu'il fit sans faire attention à la malheureuse condition des pauvres chevaux derrière lui.

— Arrêtez, arrêtez, monsieur, nous ne pouvons vous suivre », dit Smith, essoufflé.

John Howe ralentit un instant l'allure de

son cheval, ce qui lui donna le temps de respirer, et ainsi il gagna le sommet de la colline
sans difficulté; puis, regardant d'en haut ses
compagnons, il s'écria gaiement : « Avançons,
au nom du roi ! » Alors il s'élança à travers le
bois des hêtres, allant çà et là parmi les arbres
et ne ralentissant jamais sa course, ce qui n'est
possible que pour quelqu'un parfaitement au
courant des sentiers du bois. Derrière lui reten-
tissaient bruyamment les voix de ses soi-disant
compagnons.

« Arrêtez, arrêtez, mon bon monsieur, je
vous en prie! Où nous conduisez-vous? — C'est
une course de diable! — Oh! mon cheval, il
est tombé! — Vous serez puni pour cela! —
Quelle maudite promenade! » puis une explo-
sion de jurons.

« Si vous ne vous arrêtez pas, nous vous
saisirons au nom du roi. »

Cependant John Howe s'éloignait de plus en
plus vite. Un coup de pistolet retentit à ses
oreilles, puis un second, mais ils ne lui firent
aucun mal. Il revint sur ses pas dans le bois,
changeant la direction de son cheval, et com-

mença à descendre la colline, caché par les arbres touffus.

« Tu t'es bien conduit, mon brave cheval, dit-il, caressant le cou de sa monture qui était couverte d'écume ; maintenant, retournons à Wendover pour avertir Patience. »

Il avait si complétement attrapé et déconcerté ses trois compagnons, qu'il était certain qu'ils ne pourraient continuer la poursuite ; en outre le crépuscule rendrait leur chemin encore plus difficile.

« J'ai une bonne avance sur mes ennemis »», se dit-il en éperonnant son cheval, et il ne ralentit pas sa rapide allure avant qu'il ne vît la ville de Wendover.

En mettant pied à terre, il aperçut Gilbert sous le porche. Les yeux de l'enfant étaient rouges, car il avait pleuré son frère.

« Où est ta mère, mon fils ?

— Elle est avec mon oncle Randall, dit Gilbert à voix basse, dans l'Ermitage, mon père. Si vous y allez, menez-moi avec vous.

— Non, Gilbert, pas maintenant, mais vous serez mon petit écuyer et vous conduirez mon

bon cheval à l'écurie ; il m'a bien servi et mé-
rite un excellent repas. »

En disant ces mots, Howe posa la bride sur
le bras de Gilbert et se dirigea lentement et
tristement vers la retraite. Il frappa trois fois
avec précipitation et Patience ouvrit la porte
immédiatement.

« John, dit-elle, as-tu laissé Rupert en bon
chemin ?

— Oui, en sûreté, ma chère femme ; mais je
voudrais parler à Randall. Est-il ici ?

— Il est sur le point de partir pour Princes
Risborough.

— Alors j'arrive encore à temps, » dit Howe,
entrant dans la chambre.

Philippe Randall arrangeait et attachait quelques papiers et sa figure sembla même plus
austère à côté du visage doux et franc de son
beau-frère. Les deux hommes se regardèrent
d'une manière un peu soupçonneuse, puis
Howe dit :

« Randall, vous êtes en danger ; des hommes
sont sur vos traces et sur celles de vos amis
puritains. Votre rendez-vous à Princes Risbo-

rough sera interrompu, vous ne pouvez y aller.

— Mais il le faut, dit Randall. Je ne suis pas un lâche, John Howe, et j'irai au rendez-vous bien armé.

— Il faut que vous partiez d'ici tout de suite, mais pas pour aller au rendez-vous. Profitez de la nuit et gagnez du temps. Moi-même j'ai été suivi par des espions et je le suis peut-être en ce moment. J'ai été obligé de fuir pour me sauver. Partez, Philippe Randall, au plus vite et en secret ; ne dites à personne où vous allez.

— Nous, Puritains, nous n'abandonnons pas nos camarades au temps du danger, dit Randall durement; nous sommes fidèles, et je me suis engagé à aller au rendez-vous.

— Alors, par tout ce qu'il y a de sacré et de cher pour moi, Philippe Randall, je vous rétiendrai ici prisonnier ; et, si nous sommes surpris...

— Tu me livreras aux mains de mes ennemis, dit Randall. Patience, ton mari est un homme à deux visages.

— Randall, je vous avertis sincèrement. Partez cette nuit même pour quelque endroit sûr, ou vous attirerez la ruine sur nous tous. Prenez un cheval de mon écurie, prenez une bourse pleine d'argent, mais allez-vous-en.

— Mon frère, partez, je vous en prie, dit Patience, tournant sa pâle figure vers Randall.

— Si j'abandonne mes amis, ils n'auront aucun avertissement et ils seront pris comme des rats dans un trébuchet. Mon devoir m'appelle près d'eux. Notre sûreté, nos dangers nous sont communs. »

Comme Randall disait ces mots, il essaya de sortir, mais son bras fut saisi par John Howe.

« Pas un pas hors d'ici, à moins que vous ne juriez de ne pas aller à Princes Risborough. Si l'on vous prend parmi ces conspirateurs, on ne vous fera aucune miséricorde, et la lourde main de la loi tombera sur Patience, comme étant votre sœur, sur Gilbert, comme étant son enfant.....

— Et pas sur toi? interrompit Randall. Peut-être as-tu déjà joué le rôle d'accusateur et tu voudrais me retenir ici pour me livrer.

— Pars, mon bon frère, dit Patience, tremblant de peur et d'indignation. Je m'engage à faire connaître à tes amis la cause de ta fuite. Moi-même, je prendrai des mesures pour les sauver.

— Patience, tu es ma femme et tu ne dois pas être une Puritaine, maintenant, dit son mari sévèrement; tu ne t'engages point. Randall, pars et quitte ce pays, si tu tiens compte de ta vie et du salut de tes amis. »

On entendit en ce moment la voix de Gilbert, et Patience, se précipitant hors de la chambre, trouva l'enfant sur le seuil de la porte.

« Ma mère, dit le petit garçon avec inquiétude, Bridget me dit que les Puritains vont être chassés ce soir par les agents du roi. Est-ce vrai ?

— C'est vrai, mon enfant! s'écria Patience en le prenant dans ses bras. Randall, aie pitié de nous !

— Pars, dit Howe; prends le chemin du nord, tu échapperas ainsi à tes ennemis.

— J'irai vers le nord, comme tu le désires, dit Randall, mais je me rendrai d'abord à Princes Risborough pour avertir mes amis. Ne crains rien pour toi-même, homme au cœur timide et à l'esprit poltron. »

Et, semblable à quelque oiseau nocturne, il sortit de l'Ermitage et fut bientôt hors de vue.

Comme il s'en allait, Patience leva les yeux sur son mari.

« Es-tu content, John? tu l'as chassé.

— Je l'ai sauvé, dit John Howe tranquillement, mais *nous* ne sommes pas en sûreté, ma chère Patience. Tu me juges mal. Ton frère gagnera une nuit de marche sur ses ennemis. Demain, il couchera chez ses amis, puis il s'embarquera pour l'Écosse. J'espère qu'il évitera Wendover, cette ville mal intentionnée contre le roi et ayant une mauvaise réputation. »

En disant ces mots John Howe, Patience et Gilbert se dirigèrent vers leur demeure, où la prévoyante et curieuse Bridget mettait le couvert pour un bon souper. Elle fit une humble révérence à son maître et paraissait désirer entamer une conversation, mais John Howe et sa femme gardèrent le silence, et Gilbert fut le seul qui parla. Cependant la soirée ne devait pas être tranquille. Plus tard, quand Patience pensait à se retirer, un bruit de pas de chevaux retentit sur le chemin et on entendit des voix d'hommes qui demandaient à être introduits. La porte fut ouverte par Howe lui-même. En ce moment, la lune laissa voir une demi-douzaine d'hommes à cheval, bien armés, qui paraissaient plus redoutables que les trois voyageurs auxquels Howe avait échappé l'après-midi de ce même jour. Leur chef demanda si quelqu'un pouvait lui dire où se cachait un certain M. Randall.

« Il faut que vous alliez ailleurs pour le chercher, mes bons messieurs, dit Howe avec vivacité.

— Pas si vite, pas si vite, monsieur Howe, fut la réponse non moins prompte. Nous savons que M. Randall est votre parent, ainsi, je vous prie, laissez-nous entrer.

— Oui, messieurs, entrez si vous voulez, et soupez aussi, s'écria Howe vivement. Holà, mes garçons, venez ici, prenez soin des chevaux. »

Les visiteurs inattendus, ayant mis pied à

terre, entrèrent dans la maison et commencèrent à chercher inutilement de chambre en
chambre le dangereux Puritain. Cela fait, ils
s'assirent, sans de nouvelles instances, à une
table abondamment servie.

« Il y a encore un endroit que nous voudrions bien visiter, dit l'un d'eux pendant le ·
souper. C'est une chambre bâtie dans le jardin, je crois. Voulez-vous nous y conduire,
monsieur Howe ? »

Le consentement fut immédiatement donné
et les hommes se levèrent de table avec une
certaine répugnance pour aller visiter l'Ermitage. Même en le trouvant vide, ils paraissaient
soupçonner quelque chose et leurs soupçons
furent affermis par un ou deux papiers détachés, que l'un d'eux trouva moyen de ramasser
et de cacher. Ils n'avaient cependant aucune
excuse pour rester plus longtemps et se mirent
bientôt en route pour Wendover, où ils devaient passer la nuit.

Quand ils furent partis, Patience demanda
pardon à son mari.

« Petite sotte, dit-il, de te méfier de moi ;

mais, Dieu merci, ton frère est en sûreté et nous aussi. »

L'avertissement de Randall était arrivé à temps pour sauver les Puritains de la prison et probablement de la mort. Il avait paru au rendez-vous nocturne de Princes Risborough, qu'il avait dissous, exhortant ses compagnons à s'enfuir; de sorte que lorsque les Royalistes arrivèrent à la ville, les Puritains l'avaient déjà quittée, et leur fuite avait été tellement rapide que l'on ne pouvait les suivre.

Toutefois, la ville de Wendover fut soigneusement surveillée pendant quelque temps par des hommes qui s'appelaient des agents de la loi, mais qui étaient en réalité des espions grossiers et rapaces, prêts à jurer pour n'importe quoi et désirant ardemment se distinguer dans ce service spécial pour le roi. De tels hommes, la lie même du peuple, ne furent que trop heureux, quelques années plus tard, de diriger le grand complot contre le catholicisme et d'amener beaucoup de personnes infortunées à la Tour et à l'échafaud. Il n'est pas nécessaire de dire que le roi ne connaissait que peu ou point leurs actions, et toutes les fois qu'on lui adressait des suppliques, il n'était que trop prêt à accorder des pardons illimités et des sursis.

John Howe, sur ces entrefaites, s'était adonné à son ouvrage favori, tandis que Patience s'occupait pendant plusieurs heures chaque jour de l'éducation de Gilbert. Comme la reine Élisabeth et lady Jeanne Grey autrefois, Mme Patience était très-instruite et aurait pu faire rougir n'importe lesquelles des beautés de la cour, qui ne semblaient n'avoir qu'un but, celui d'attirer l'admiration des gais habitués de Whitehall.

Patience était la fille d'un Puritain et peut-être était-ce à cause de cela qu'en donnant des leçons à son fils, elle restait avec une affection toute particulière sur les pages de l'Ancien Testament, et apprenait à Gilbert à répéter son histoire verset par verset.

John Howe laissa à sa femme le soin d'instruire l'intelligent et attentif enfant, tandis que lui-même s'efforçait de reproduire quelques-unes de ses idées passagères sur la toile, au

moyen de son pinceau. Il s'appliqua à finir l'esquisse de Nell Gwynn. Sa figure était si différente de toutes celles qu'il avait déjà vues ; il
y avait de la poésie dans ses yeux bleus, de
l'espièglerie dans son menton à fossette, de la
gaieté sur ses lèvres saillantes ; · et le portrait,
ennobli et purifié par l'art du peintre, avait
revêtu un air d'innocence enfantine, qui s'attachait à chaque ligne de la figure et à tout
l'ensemble de la personne.

V

NOUVELLES DE WOTTON.

ROIS années entières s'étaient écou-
lées depuis le départ de Rupert,
lorsque pendant l'après-midi d'un
jour frais et sombre, un jeune homme à cheval,
escorté d'un domestique de haute taille, dont
la selle paraissait bien munie de pistolets, se
présenta gaiement devant la porte de l'artiste.
Gilbert, entendant le piétinement des chevaux,
jeta son livre et s'élança dehors à la rencontre
— non de son frère, mais d'un grand et beau
jeune homme, dont les yeux brillants et les
joues vermeilles lui donnaient un véritable air

de jeunesse et de santé. Il jeta les rênes à Gilbert.

« Il faut que je descende, lui dit-il, car j'ai une lettre d'un certain Rupert Howe et j'apporte de bonnes nouvelles de lui. Tu es son frère ?

— Oui, oui, dit Gilbert en regardant le jeune voyageur avec admiration. Venez vite vers ma mère. »

Un instant après, l'étranger se trouva accueilli comme un ami par Mme Patience et conduit en triomphe dans l'atelier de John Howe.

« Ce gentilhomme apporte des nouvelles de Rupert, dit la mère.

— De bonnes nouvelles, j'espère, s'écria John Howe.

— Oui, en vérité, de bonnes nouvelles, car Rupert s'est montré un élève si doux et si intelligent que M. Evelyn l'a présenté au roi à Whitehall et Sa Majesté en a fait son page.

— Son page ! fit John Howe.

— Est-ce que Rupert va bien ? demanda la

mère. Est-il heureux? Aime-t-il ses nouveaux honneurs?

— A-t-il beaucoup grandi, et a-t-il appris les devoirs d'un Cavalier? demanda le père.

— M'envoie-t-il ses amitiés? dit le petit Gilbert.

— Sa lettre vous dira tout, dit le jeune homme, sortant de son pourpoint une lettre attachée avec du ruban et la donnant à Howe. »

Le ruban fut coupé, la lettre ouverte et lue à haute voix par le père, afin que sa femme et son enfant pussent l'entendre. Bien entendu, elle n'était pas la première lettre que Rupert eût écrite, mais des semaines, des mois même s'étaient écoulés, depuis qu'on avait reçu la dernière.

« Mes très-honorés parents,

« Il est nécessaire que je vous écrive pour
« vous annoncer de bonnes et joyeuses nou-
« velles. Je vais être page de Sa gracieuse Ma-
« jesté. M. Evelyn m'a permis d'étudier avec
« ses fils, et leur précepteur est un si grand

« savant, venant d'Italie et sachant parfaitement
« l'italien, l'espagnol et le français, outre le
« grec et le latin, qu'il m'a enseigné plus que je
« n'avais espéré apprendre en si peu de temps.
« Wotton est une grande et belle propriété que
« j'aime beaucoup, mais quand M. Evelyn me
« dit que je devais l'accompagner à Londres,
« je me sentis tout à fait heureux et plein
« d'espoir. A notre arrivée dans la grande cité,
« M. Evelyn me mena au café de Bow-Street[1],
« où je me trouvai au milieu d'une élégante
« société de grands seigneurs, dont quelques-
« uns portaient leurs décorations du Cordon
« bleu et de la Jarretière; de pasteurs en soutane
« et en collet, de jeunes gens d'Oxford et de
« Cambridge, pleins de savoir; enfin de toutes
« sortes d'écrivains et d'auteurs. Sur le balcon
« qui donne sur Covent Garden, on avait
« placé un grand fauteuil et là était assis
« M. John Dryden. Il sourit à la vue de
« M. Evelyn, le fit venir près de lui à travers
« une grande foule, et lui offrit du tabac de sa

1. Rendez-vous de toutes les célébrités du temps, devenu
célèbre comme l'hôtel de Rambouillet, à Paris.

« tabatière. Je fis ma meilleure révérence et
« M. Dryden me caressa, puis se mit à parler
« d'un certain M. Racine, qui écrit de la poé-
« sie en France, et qui, dit-on, est maintenant
« à la mode. Nous soupâmes au café et ensuite
« nous laissâmes Covent Garden, où un mar-
« ché[1], le plus sale et le plus bruyant du
« monde, a lieu, tout près des demeures des
« grands. Nous tombâmes sur de gros choux à
« la porte de la comtesse de Berkshire, et nous
« fûmes obligés de nous frayer un chemin en
« coudoyant une foule de fruitiers qui criaient
« à haute voix, et de charretiers qui se bat-
« taient pour un rien. Enfin, M. Evelyn appela
« quelques porteurs de chaises, et nous fûmes
« portés à ce grand et majestueux palais nom-
« mé Whitehall. Des sentinelles étaient pla-
« cées à la porte cochère et quelques-uns des
« gardes du roi sous les fenêtres. Nous pas-
« sâmes à travers une grande foule (beaucoup
« de personnes parlaient à M. Evelyn) jusqu'à
« ce que nous soyons arrivés à une anti-

---

1. Marché de légumes, de fruits et de fleurs.

« chambre, où les gentilshommes étaient tous
« magnifiquement habillés et portaient des
« décorations sur leur poitrine. Il y avait lord
« Hatton, intendant de la maison de Sa Ma-
« jesté, l'ambassadeur portugais, le jeune mar-
« quis d'Arglye et quelqu'un à l'air plein de
« courage et de vivacité qui avait une cicatrice
« sur la joue: c'était le prince Rupert[1]. Je
« n'eus pas le temps de regarder plus long-
« temps, car tout d'un coup on leva la tapisse-
« rie et le roi lui-même entra, accompagné du
« duc de Buckingham. Sa Majesté avait un gai
« sourire pour tous.

« — Bonsoir, messieurs, dit-il, je vais vous
« présenter une reine qui vient d'arriver de la
« Barbade : c'est la reine Ananas elle-même.
« Elle a une jolie couronne sur la tête et c'est
« une dame de prix. »

« A ces mots, un jardinier se présenta, por-
« tant en l'air un grand fruit jaune, avec une
« peau pleine de piquants, et couronné de
« feuilles.

1. Cousin de Charles II et célèbre général Cavalier.

« — Rose, porte sa majesté avec soin, dit le roi
« au jardinier. Nous la mettrons sur la table
« pour le souper cette nuit, et réclamerons
« d'elle une connaissance plus intime. Mes-
« sieurs, venez-vous avec moi ce soir voir notre
« charmante Roscalana dans *The Siege of Rho-*
« *des?* Ah! monsieur Evelyn, vous m'avez
« amené votre jeune protégé. Venez ici, mon
« enfant. »

« J'avançai, fis une révérence et baisai la
« main qui m'était tendue.

« — Ton nom, mon garçon?

« — Rupert, s'il plaît à Votre Majesté.

« — Rupert, un nom tout à fait royal. Puisse-
« t-il bien te convenir! Que veux-tu de moi?

« — Rupert désire servir Votre Majesté, dit
« M. Evelyn. Lord Hatton lui fera connaître
« ses nouvelles fonctions, si Votre Majesté
« l'approuve.

« — Soit », dit le roi; puis, mon cher père,
« Sa Majesté parla sur beaucoup de sujets avec
« tous les gentilshommes autour d'elle, et je
« restai là regardant avec étonnement la multi-
« tude de personnes qui passaient et repas-

« saient. Ensuite M. Evelyn me laissa avec
« lord Hatton, car je devais être enrôlé parmi
« les pages de Sa Majesté, qui sont en grand
« nombre; mais en vérité je connais à peine
« leurs noms et leurs figures.

« Il y a quelques jours, j'étais en fonction
« derrière la chaise de Sa Majesté pendant le
« dîner, puis je marchai derrière elle au théâ-
« tre. Nous vîmes jouer *The humorous Lieute-*
« *nant;* c'était une sotte pièce, chère mère —
« tu l'aurais détestée — mais parmi les actrices
« il y avait une jolie jeune fille appelée Célia.
« Tout le monde l'applaudissait, et, soit qu'elle
« rît ou qu'elle pleurât, tout l'auditoire faisait
« de même. J'étais sûr d'avoir déjà vu sa char-
« mante figure quelque part. Quelqu'un s'écria
« alors que c'était Nell Gwynn; puis je me rap-
« pelai le portrait peint par mon cher père, et
« je la regardai avec tant de persistance, que
« je rencontrai enfin son regard, et elle sortit
« de la scène en m'envoyant des baisers.

« Lorsque je revis Mme Gwynn la seconde
« fois, elle se promenait dans *le Mall,* habillée
« d'une belle robe bleue et d'un chapeau

« blanc, causant et riant ; et Sa Majesté, en
« passant près d'elle, lui demanda quelle pièce
« elle devait jouer le soir.

« — Je jouerai Florimel, dans *The virgin*
« *Queen,* dit-elle ; « un jeune homme gai
« comme ce joli garçon ; » alors elle tendit sa
« main blanche en me disant d'ôter mon
« chapeau.

« — Pourquoi me regardes-tu si fixement ?
« me demanda-t-elle.

« — Parce que je vous ai vue avant, répli-
« quai-je ; « peinte, sur la toile. »

« — Juste ciel, mon garçon, dit-elle, vous
« pouvez me voir ainsi à chaque instant, car
« je porte une robe de toile le matin et le fard
« est encore épais sur mes joues ! » Après quoi
« elle éclata de rire et nous continuâmes notre
« chemin.

« Toute la ville alla au spectacle ce soir-là,
« mon père, et M. Pepys déclara que jamais
« on n'avait si bien joué le rôle comique, que
« Mme Nell Gwynn avait le véritable maintien,
« l'air et le regard d'un galant. M. Pepys m'a
« invité à souper chez lui : c'est un gentil-

« homme très-amusant, qui connaît tout le
« monde à Londres ; mais M. Evelyn me dit
« qu'il ne faut pas négliger mes études, bien
« qu'on n'y songe guère dans ce gai palais.

« Je vous prie, mes chers parents, d'accueil-
« lir avec bonté celui qui vous apporte ces nou-
« velles de moi; c'est un certain M. Guillaume
« Penn[1], dont la figure gaie et le bon cœur
« lui ont toujours fait de vrais amis.

« Je baise vos mains et vous envoie mes sa-
« lutations affectueuses et respectueuses, ainsi
« qu'une salutation fraternelle à Gilbert. J'es-
« père qu'il va bien et qu'il apprend ses leçons
« à la satisfaction de ma chère mère.

« Cette lettre est de votre fils obéissant,

RUPERT. »

« Rupert est un jeune homme spirituel et
heureux, dit M. Penn pendant que M. et
Mme Howe lui serraient la main ; et il ne lui
arrivera aucun mal, bien que Londres soit très-
entraînant.

1. Fondateur de la colonie de Pensylvanie.

— Hélas! murmura Patience, mon sang se glace d'entendre parler de théâtres. Oh! la corruption de la grande cité! »

Elle attira Gilbert dans ses bras, tandis qu'il tournait ses yeux noirs avec admiration sur Guillaume Penn.

« Voilà Mme Nell, dit John Howe souriant et indiquant le portrait.

— Tournons sa figure vers le mur, l'impertinente coquine! » dit sa femme sévèrement.

VI

UN JOUR NÉFASTE.

U N jour, pendant que Gilbert cueil-
lait des primevères et des anémones
dans le bois de hêtres, il fut surpris
d'entendre le bruit d'un cheval, et un étranger
passa près de lui. Combien il désirait ardemment le retour de Rupert, ou une autre visite
de Guillaume Penn, dont la société gaie et
amusante avait été un événement dont il bénis-
sait la mémoire ! Mais l'étranger qui vient de
passer a un air plus sévère et Gilbert le recon-
naît pour être un des Puritains d'autrefois,
un ami de son oncle. Il voit l'enfant occupé

de ses fleurs dorées, il s'arrête et l'appelle.

« J'ai des nouvelles pour Mme Patience Howe. Est-elle chez elle ?

— Oui, monsieur. Est-ce que vous venez de la part de mon oncle Randall ?

— Ah ! vous êtes un parent de cet homme brave et malheureux ? Oui, en effet, je viens de sa part. Il est réduit à une grande misère et il a besoin d'aide et de secours.

— Suivez-moi, mon bon monsieur, et je vous conduirai à notre demeure.

— Non, montez plutôt avec moi », dit le Puritain, saisissant Gilbert par le bras et l'aidant à sauter sur la selle.

Tous deux s'avancèrent ainsi au petit galop à travers le bois, et arrivèrent enfin aux pignons pointus de la maison de l'artiste. Il était encore de bonne heure ; cependant John Howe était parti à cheval à Wotton, chez son ami M. Evelyn, et de là il comptait se rendre à Londres voir Rupert.

Mme Patience faisait des gâteaux dans la cuisine, et elle aperçut de la fenêtre les deux cavaliers s'approchant de la maison. Elle courut à la porte en secouant la farine de ses bras.

« Quelles nouvelles, Jérémie March, quelles nouvelles de Randall ? »

Gilbert mit pied à terre, aida March à en faire autant et conduisit le cheval fatigué à l'écurie. Sur ces entrefaites, March avait tiré une lettre de sa poitrine et l'avait donnée à Patience. Elle était courte et écrite dans les termes suivants :

« Ma sœur,

« J'ai été traqué, poursuivi, et deux fois j'ai « manqué d'être pris... Je suis sans argent et « presque mort de faim ; je me cache dans la « forêt de Sherwood et j'espère que le Sei- « gneur m'accordera la force et la possibilité « de m'embarquer pour le Nouveau Monde. « Envoie-moi, je t'en prie, quelques secours « par Jérémie March.

« Ton frère,

« Philippe Randall ».

Patience se décida à secourir son frère ; aussi,

après avoir fait donner un solide repas au
messager, elle le quitta pour écrire une réponse
à Randall. Elle supplia son frère d'être prudent et de s'embarquer pour l'Amérique, où il
trouverait des amis et des partisans ; puis elle
signa la lettre, la cacheta, et y ajouta un petit
sac plein d'argent, dans lequel se trouvaient
aussi deux ou trois bijoux, auxquels Patience ne
tenait guère, et qu'elle regardait même comme
des choses qui appartenaient au catholicisme.

« Si mon mari était ici, il ne m'approuverait
pas, pensa-t-elle ; mais c'est à moi, et je
ne veux pas toucher à son argent pour une
cause qu'il n'aime pas. »

Fidèle et à son frère et à son mari, elle
poussa un soupir, posa ses lèvres sur le paquet,
murmura une prière pour le salut de Randall
et retourna près de Jérémie March. Ce dévoué
et intrépide serviteur prenait des forces pour
son voyage à cheval, tandis que Gilbert, assis
en face de lui, le questionnait sur la vie malheureuse des Puritains fugitifs. Le vieillard,
charmé de sa vivacité, dit que Gilbert Howe
était un digne petit-fils du célèbre M. Isaac

Randall. Ce fut alors le tour de Patience de faire d'innombrables questions et d'entendre le récit des difficultés et des malheurs de Randall et de ses amis, — combien les Royalistes étaient irrités, comment ils avaient chassé les Puritains avec férocité et comment on avait poussé le roi à mettre en prison tous ceux qui étaient soupçonnés de déloyauté.

« Les prisons sont pleines, dit March, beaucoup de prisonniers seront jugés et pendus, accusés de trahison. »

Et le vieux et farouche Puritain fronça le sourcil et prononça un juron.

Il passa toute la journée avec Patience et son fils; mais quand la nuit vint, il sortit, armé jusqu'aux dents, et la figure à demi cachée par son chapeau et son manteau.

« O Gilbert, quels dangers se trouvent dehors ! dit Patience en frissonnant; que les temps sont tristes et malheureux, lorsque les méchants triomphent sur les bons ! »

Cependant le fidèle messager pressait le pas de son coursier et se dirigeait vers la cité d'Oxford. Un instant, il se trouva embarrassé dans

un carrefour et s'arrêta en hésitant ; alors
le bruit d'un cheval frappa ses oreilles : il
écouta ; le silence le plus profond régnait autour
de lui. Soudain une ombre se montra sur son
chemin, puis vint le cliquetis d'un éperon,
ensuite le piétinement d'un cheval. March tira
la bride et prit de la selle un pistolet chargé.
En un instant une main fut placée sur le frein
de son coursier, tandis qu'une autre se trouva
sur sa poitrine. Il tira un coup de pistolet et
entendit une lourde chute à côté de lui, puis
un juron et un cri de douleur ; mais presque
au même moment il sentit ses bras liés et fut
désarçonné. Il essaya de lutter contre ses ennemis, mais, hélas ! il fut fait prisonnier. On
le plaça sur un cheval et on l'entoura d'une
demi-douzaine d'hommes qui le conduisirent
à une hôtellerie un peu éloignée du grand
chemin. Il entendait gémir près de lui l'homme
qu'il avait blessé, et il savait que ses compagnons l'avaient relevé et le portaient sur
un brancard fait à la hâte.

En arrivant à l'hôtellerie, on aida March à
descendre de son cheval et on l'invita rudement

à y entrer. L'hôtelier paraissait prêt pour recevoir ses hôtes et les conduisit dans une grande
chambre où, à la lumière d'un énorme feu,
Jérémie put distinguer pour la première fois
les figures et les personnes de ses ennemis. Ils
étaient tous Royalistes et pas inconnus au vieux
Puritain ; en vérité, quelques-unes des nom-
breuses cicatrices qu'il portait sur son corps
pouvaient être attribuées à la force de leurs
armes dans des combats antérieurs. Un sourire
de reconnaissance, farouche en vérité, mais
cependant un sourire, passa sur sa figure, puis
il se retourna pour voir le blessé.

« Tu mérites de chanter des psaumes toute
ta vie pour ton ouvrage de ce soir, lui dit
l'un des Royalistes, bien que cela soit une
légère punition pour un Puritain. Camarades,
fouillez-le ».

On obéit avec empressement. Jérémie fut
fortement lié; on ouvrit son pourpoint, on le
coupa et on en vola le contenu. Le sac d'argent
tomba par terre et fut immédiatement ramassé
par les hommes, tandis que leur chef ouvrait
et lisait la lettre de Patience Howe.

« Ainsi nous ne nous sommes pas beaucoup
trompés, s'écria-t-il en regardant la signature,
et la maison de Wendover-Dene, franche et
loyale comme elle prétend l'être, accueille une
bande de traîtres. Ah ! mon beau monsieur
Howe, nous vous remercierons personnel-
lement pour le galop que vous nous avez fait
faire à travers le pays; nous espérons souper
encore chez vous et prendre un bon repas
semblable à celui que vous nous avez préparé autrefois. Maintenant, monsieur March,
nous voudrions dire un petit mot à M. Randall. Vous étiez sur le chemin de sa retraite ; vous y retournerez, mais dans notre
société. »

Pas une syllabe ne put être tirée des lèvres
de Jérémie March, et il ne voulut pas donner
la plus petite idée de la retraite de Randall; il
ne voulut pas non plus accepter l'énorme verre
de bière qu'on lui offrit, accompagné d'une
méchante plaisanterie, lorsque les Royalistes
commencèrent leur souper.

« Dis le *Benedicite* pour nous, ô chape-
lain, s'écria l'un des buveurs, ou bien écoute le

le nôtre et donne-nous ta bénédiction. »

Puis on chanta une chanson qui n'était pas faite pour calmer la colère et l'indignation du Puritain. On porta le blessé dans une autre chambre, afin qu'il fût soigné par l'hôtelier, et en moins d'une heure toute la bande, accablée de sommeil après son orgie, était endormie, tandis que deux sentinelles veillaient Jérémie, précaution inutile, attendu qu'il ne pouvait même pas remuer.

Le lendemain matin de bonne heure, les Royalistes, alors divisés en deux bandes, dont l'une devait chercher Randall et l'autre mener Patience Howe et son mari à la Tour, sortirent pour leur expédition. Jérémie March, qui avait pris son repas matinal dans un morne silence, fut placé sur un cheval et on lui commanda, sous peine de mort immédiate, de continuer son chemin vers M. Randall. Le malheureux homme, voulant donner à son maître une autre chance de salut, se dirigea vers Risborough, rendez-vous bien connu des Puritains. Il espérait que quelque hasard heureux lui permettrait de communiquer avec Randall et ainsi de lui donner le temps de s'échapper à travers l'Océan.

Le voyage à Princes Risborough fut fait rapidement et silencieusement. On ne trouva aucun Puritain dans la ville; mais l'hôtelier de la Couronne, un scélérat de la pire espèce, donna des renseignements sur la retraite de Randall, qui, déclara-t-il, était allé dans la forêt de Sherwood. Les hommes firent reposer leurs chevaux et leur donnèrent à manger, puis ils s'avancèrent sur le chemin, menaçant Jérémie de le torturer s'il ne voulait pas révéler la retraite de son maître ; mais aucune menace ne pouvait ouvrir les lèvres de l'honnête Puritain. Pendant trois longs jours, on voyagea constamment, et enfin on arriva à Nottingham. De là, ils se dirigèrent vers cette glorieuse forêt, célèbre dans les temps de Robin Hood[1] et encore la demeure des fugitifs et des proscrits. Mais comment trouver un homme poursuivi dans ce labyrinthe d'arbres et d'arbustes?

Fatigué et dégoûté, le chef de la bande s'ar-

---

1. Célèbre proscrit du temps de Richard I, Cœur de Lion, qui demeurait dans la forêt de Sherwood.

rêta enfin à un petit village, ou plutôt à une collection de huttes de bûcherons, et appela impérieusement les habitants autour de lui. Pauvres gens! ils étaient tellement habitués aux excès de violence, qu'ils étaient tout prêts à donner, à la première menace, des renseignements également aux Royalistes et aux Puritains. La menace de les incendier ou de leur infliger quelque terrible supplice corporel suffisait pour en faire les Royalistes les plus dévoués, et ils se préparèrent à battre le pays à la recherche de Randall. On ne devait montrer aucune miséricorde à Jérémie March, et si la recherche se trouvait inutile, ce fidèle serviteur devait être pendu. Le soir du même jour, cette menace allait être accomplie et Jérémie fut mené par ses ennemis sous un des chênes de la forêt.

« Mets-toi à genoux, fais ta prière et confesse tes péchés », dirent ses persécuteurs.

Le pauvre homme obéit et pria pour le salut de son maître, lorsque les branches furent écartées et une voix s'écria :

« Arrêtez, scélérats, et ne soyez pas si empressés à vous préparer une demeure dans l'enfer. »

C'était Randall *lui-même*.

Se tenant caché et osant à peine sortir de sa retraite, le Puritain avait guetté l'arrivée de ses ennemis. Il avait essayé de communiquer avec son fidèle serviteur, mais sans succès; et à ce moment critique, il se présenta hardiment devant les Royalistes. Un homme brave a toujours un grand ascendant sur ses semblables ; aussi à sa vue les hommes reculèrent et March sauta à côté de son maître.

« Nous sommes deux, chuchota-t-il, nous vendrons chèrement notre vie. Donnez-moi un pistolet, mon maître. »

Alors, ces deux hommes déterminés, se plaçant contre le chêne qui devait être le gibet de l'infortuné March, se préparèrent à un combat terrible, et Randall, l'épée à la main, s'efforça de se frayer un passage à travers ses ennemis. March donna des coups formidables à droite et à gauche, protégeant Randall de sa grande et forte stature, jusqu'au moment où un coup d'épée lui fit une affreuse blessure au côté : il chancela et tomba en avant.

« Mon maître, je meurs, dit Jérémie, respi-
rant avec peine ; hâtez-vous de fuir... prenez le
cheval attaché à l'arbre là-bas... c'est le mien. »

Le Puritain pressa la main de son cama-
rade.

« Mon pauvre March, tu meurs de la mort
d'un soldat », dit-il, murmurant une prière.

Il s'aperçut alors qu'il avait mortellement
blessé trois de ses adversaires, qu'il en avait tué
un et qu'il n'en restait que deux. Avec une force
presque surhumaine, il donna un coup à
droite, un autre à gauche, et, sautant par-dessus les hommes tombés, s'élança sur la selle du
cheval. Il l'éperonna fortement et se précipita
en avant pendant qu'une balle lui rasait le
visage et faisait tomber du sang sur son cou.

« A cheval ! à cheval ! » s'écrièrent les
hommes ; mais les chevaux n'étaient pas là, et,
avant que les Royalistes fussent montés, Randall avait pris les devants et était hors de
danger.

« Mon bon et fidèle serviteur, tu as donné
ton sang pour moi, murmura Randall avec un

soupir. Puisse ton âme être parmi les élus du Seigneur! »

Le pauvre Jérémie March fut enterré par les bûcherons, qui lui prirent ses vêtements et son épée ; mais ils laissèrent son livre de prières sur sa poitrine. Autour du livre, il y avait une boucle de cheveux dorés qui appartenait à sa petite fille, et le sourire qui errait sur les lèvres du mort était celui avec lequel il retrouvait son angélique enfant.

. . . .

Patience Howe faisait travailler Gilbert, lorsque Bridget entra brusquement dans la chambre.

« Ils viennent, madame, dit-elle ; je vois leurs panaches et leurs hauts chapeaux. Ce sont des Royalistes sans doute. »

Patience, se sentant défaillir, se leva, et, ouvrant la fenêtre toute grande, elle aperçut la figure inattendue de Smith, accompagné de plusieurs hommes à cheval.

« Madame Patience Howe, s'écria Smith à haute voix, nous vous déclarons traîtresse ; vous accueillez des rebelles, vous abritez des Puritains et vous envoyez de l'argent à ceux qui sont proscrits. Au nom du roi, nous vous arrêtons. »

Ainsi parla Smith en descendant de son cheval et en entrant dans la salle où Patience et Gilbert se tenaient prêts à le recevoir. Comme il parlait, il plaça sa main sur le poignet de Mme Howe. A la vue de cette insulte, le vieux Martin s'avança accompagné d'un ou deux domestiques, et, donnant un coup de poing sur le visage du Royaliste, lui ordonna de laisser aller sa maîtresse.

« Arrêtez cet homme, s'écria Smith insolemment, et enfermez ces bruyantes servantes dans leur cuisine. »

Il n'était pas facile cependant d'arrêter le vieux Martin, car il avait un pistolet chargé à la main et une épée suspendue au côté ; mais les Royalistes n'étaient pas lâches non plus, et, irrités de son opposition, ils se précipitèrent sur Martin, qui fut étourdi par plusieurs coups violents avant de pouvoir se défendre. En ce moment, un coup de pistolet retentit inopinément aux oreilles des combattants et Smith fut blessé à l'épaule. C'était Gilbert qui avait tiré.

« Liez le jeune coquin », dit avec un juron Smith, fou de rage et de douleur; mais Patience et Martin firent bonne garde sur l'enfant et une lutte terrible s'engagea, quand, enfin, une voix retentit du dehors :

« Arrêtez, arrêtez ! que veut dire ce bruit? »

Puis un pas bien connu de Patience se fit entendre sur le seuil : c'était son mari.

« Que voulez-vous, scélérats? dit John Howe, les yeux étincelants à la vue de la scène qui se passait devant lui, et son bras levé pour entourer Gilbert, qui avait sauté à côté de lui.

« Ah! John Howe, vous voilà, traître! s'écria Smith. Arrêtez-le, mes camarades. A la Tour avec tous ces Puritains maudits !

— Patience, que veut dire cela? dit John Howe, regardant sa femme avec étonnnement. Dites, avons-nous abrité les Puritains? avons-nous conspiré contre le roi? Nous sommes innocents et exempts de blâme.

— Mais nous avons des preuves du contraire, dit Smith arrogamment. Nous savons qu'un certain Philippe Randall a été caché ici et que ce même Philippe Randall reçoit de l'argent et des lettres d'une certaine Mme Patience Howe.

— Où sont vos preuves, hommes cruels ? exclama Howe.

— Ils disent la vérité, interrompit Patience d'une voix haute et distincte. John Howe, je suis Puritaine de cœur et d'esprit. Je suis du même parti que Philippe Randall.

— Patience, que veux-tu dire ? » dit l'artiste en pâlissant.

Mais Patience, sans faire attention, continua :

« J'ai donné mon argent aux Puritains; je les ai accueillis sans que vous le sachiez. Mon frère s'est caché dans cette maison et je viens de lui envoyer une lettre et de l'argent dont il avait grand besoin.

— Voici votre lettre, madame, dit l'un des Royalistes; voici le papier pris dans le pourpoint du vieux Jérémie. »

Howe saisit la lettre, mais Patience la lui reprit et lut à haute voix les mots suivants :

« Cher frère,

« Mon cœur tremble pour toi ; je voudrais
« te secourir, mais je n'ose faire plus que de
« t'envoyer l'argent que j'ai sauvé et les
« bijoux qui m'appartiennent, mais que je
« n'ai jamais portés. Je te conjure d'être pru-
« dent et de te rendre immédiatement en Amé-
« rique, où tu trouveras de bons amis. Mon
« mari n'aime pas la grande cause ; il est de
« ceux qui s'inclinent devant un roi terrestre.
« Mon cœur est avec le tien, car ne sommes-
« nous pas tous deux les enfants du grand
« Isaac Randall ?

                    « Ta sœur. »

« Patience, ma chère femme, s'écria le malheureux artiste, pourquoi as-tu fait cela ?

— Je n'ai pu oublier mes premières croyances, dit Patience. Je suis Puritaine avant tout,
mon ami. Pardonne-moi. »

Instinctivement elle s'approcha de lui, mais
il détourna la tête ; elle lui prit le bras, mais il
ne voulut pas lui permettre de parler.

« Tu ne m'aimes pas ; tu ne m'as jamais aimé, dit l'artiste froidement. O Patience, tu as attiré la ruine sur notre maison ! »

Il laissa tomber sa tête entre ses mains et il fondit en larmes. Les hommes restèrent surpris et interdits.

« John, dit Patience toujours avec calme, tu soigneras le petit Gilbert; tu diras à Rupert d'aimer son frère ; et vois-tu, ajouta-t-elle, j'ai ce livre de prières pour lui. Garde-le lui, mon ami. »

Encore elle s'avança auprès de John Howe, encore elle essaya de lui parler, mais il ne bougea pas et la voix lui manqua. Elle fit un signe pour que Smith approchât.

« Quand partirons-nous ? dit-elle.

— Pour où, madame ?

    Pour la Tour. »

John Howe se retourna alors, regarda cette figure pâle mais intrépide, ces yeux secs, et avec un sanglot il dit :

« Messieurs, avançons. Nous irons à la Tour ensemble. »

Alors Patience s'approcha encore, et cette

fois il lui permit de parler, mais sa voix n'était qu'un murmure.

« Mon ami, dit–elle, je t'ai sauvé. A présent personne ne peut douter de ton innocence. » Veux-tu me pardonner? Tu ne voulais pas me laisser te dire cela avant. Je me suis déclarée coupable, plus coupable que je ne le suis, pour l'amour de toi ét de nos enfants. »

Sur ces entrefaites, les nouvelles s'étaient répandues dans le village avec la rapidité de l'éclair et la foule s'assembla bientôt autour de la maison de l'artiste infortuné.

Quelques-uns donnaient raison à Patience, quelques-uns suppliaient qu'on lui fît miséricorde, et d'autres la huaient par mépris et la maudissaient.

On construisit à la hâte une litière pour porter Mᵐᵉ Patience à Londres, et les préparatifs pour le départ s'avancèrent avec rapidité. Gilbert, intimidé et effrayé, se cacha parmi les serviteurs; Bridget, alarmée, essaya de gagner les bonnes grâces des Royalistes; tandis que Martin, sachant à peine ce qu'il devait croire et à qui il devait se fier, s'assit mélancoliquement dans la cour et ne répondit pas aux questions des voisins. Beaucoup de personnes entrèrent par les grilles ouvertes et entourèrent la maison ; elles étaient agitées par l'étrange histoire qu'elles avaient entendue et désiraient voir encore la femme qui s'était rendue de propos délibéré à l'emprisonnement. Enfin on donna le signal du départ. Smith et ses compagnons se levèrent de table et commencèrent à monter sur leurs chevaux. Alors John Howe parut dans la cour avec sa femme et son fils à côté de lui. Un murmure se fit entendre parmi la foule.

« Adieu, mes amis, dit Patience lentement. Vous êtes tous si bons Royalistes que vous aimerez mon mari et mes enfants. Quand je serai partie, la dernière tache de la belle ville de Wendover sera lavée. »

A ces mots on s'écria :

« Non , madame, nous vous aimons ; vous êtes une bonne et honnête femme.

— Mais une Puritaine », dit Patience.

Puis elle entoura de ses bras Gilbert qui pleurait, et ses larmes coulèrent abondamment.

« Y a-t-il des mères parmi vous? demanda-t-elle.

— Oui, oui, madame, comme vous le savez.

— Alors, aimez mon fils. »

Une douzaine de mains furent étendues, mais Martin attira Gilbert dans ses bras.

« Il est mon protégé, madame, dit-il; et j'irai avec lui à Wotton pour chercher le bon M. Evelyn.

— C'est bien, Martin. Pars et hâte-toi, dit John Howe, car je suis prisonnier comme Patience, et je partage son sort. »

En disant cela, l'artiste aida sa femme à entrer dans la litière et, montant à cheval, se prépara pour le départ. Il rabattit son chapeau de feutre sur ses yeux, afin de ne pas voir la séparation entre Patience et Gilbert.

Il était tard, le lendemain, lorsqu'on demanda Mme Evelyn dans sa grande salle de réception. Là, elle trouva un vieux serviteur, accompagné d'un petit garçon pâle, dont le pourpoint était couvert de poussière et la figure tachée de sang. L'enfant s'approcha doucement et lui dit :

« Pour l'amour de Rupert, madame, sauvez ma mère : elle est à la Tour.

— Juste ciel! s'écria la dame; et ton père?

— Il y est aussi, dit Martin, montrant le poing; mais il est Royaliste et il n'est pas en grand danger : c'est Mme Patience. Mais Gilbert, n'ayez pas peur. »

Gilbert était évanoui. Comme Mme Evelyn se baissait pour le prendre dans ses bras, Martin dit :

« Je vous laisserai l'enfant, madame; il faut maintenant que je porte les tristes nouvelles à notre petit Rupert.

— Hélas! hélas! dit Mme Evelyn, se tordant les mains, Rupert est parti avec monseigneur le duc de Buckingham. »

VII

LE PETIT PAGE ET LA JOYEUSE DAME.

UN peintre se tient devant un chevalet, mais ce n'est pas John Howe,
et il porte des vêtements de soie
et de satin, comme le plus grand élégant du
royaume. Devant lui une jeune fille pose
pour faire faire son portrait dans un costume
négligé et flottant, bleu de ciel et ambre; un
collier de perles est autour de son cou, un
croissant de diamants est sur ses cheveux
bruns et elle dit, avec un sourire et un véritable accent irlandais :

« Vous me peindrez comme Diane, n'est-ce
pas, sir Pierre?

8

— Mais oui, certainement, madame Gwynn, et jamais je n'ai eu un modèle si parfait.

— Quoi! pas même la charmante Mme Mallet? dit Nell en badinant, Mme Mallet avec son nez retroussé et ses soucils roux, et Nell arrondit les siens. Comme c'est agréable d'être jolie, dit-elle en riant — pour qu'on loue vos yeux, que l'on joue avec vos boucles et que l'on baise vos mains! Mais vraiment, sir Pierre, c'est fort désagréable de poser.

— Avez-vous jamais posé avant, madame?

— Une fois, dit l'actrice (car Nell est maintenant une actrice fort à la mode), mais c'était autrefois, quand je me tenais à la porte du théâtre.

— Quel était l'artiste, madame?

— Un gentilhomme de province, très-simplement habillé, mais malgré cela un vrai gentilhomme, sir Pierre. Je suis restée un soir avec lui à la porte du théâtre pour lui indiquer les personnes du grand monde, et il fut aussi modeste et aussi tranquille qu'une jeune fille.

— Ou que ma Diane? dit sir Pierre en riant; mais où est l'artiste et où est le portrait?

— L'artiste appartient à mes jours passés
— jours de pauvreté et de misère, répondit
Nell, pendant qu'une larme mouilla ses yeux
brillants ; et le portrait , ajouta-t-elle en se
levant et se précipitant vers le chevalet, était
plus ressemblant que le vôtre. »

La figure de sir Pierre se rembrunit.

« Où peut-être ce chef-d'œuvre? » dit-il.

La question resta sans réponse, car la porte
de l'artiste fut brusquement ouverte et un
domestique annonça :

« Un messager du duc de Buckingham. »

Le nom de Buckingham était aussi puissant
que celui du roi, et les courtisans cédaient
avec bonne volonté aux caprices du favori ;
aussi sir Pierre, quoique souvent porté à se
fâcher des interruptions, mit son pinceau de
côté à l'entrée du messager.

C'était un jeune garçon mince et gracieux,
dont les yeux noirs et les traits délicats pouvaient en faire un digne modèle pour l'artiste.
Il tenait son chapeau à la main et salua.

« Madame Gwynn, monseigneur le duc
de Buckingham vous prie de jouer *The custom*

of the country d'aujourd'hui en huit. Il a quelques amis qui s'assiéront avec lui sur la scène [1], et Sa Majesté m'a commandé de vous apporter le message.

— Qui peux-tu bien être, mon joli garçon ?

— Rupert Howe, page de Sa Majesté. Je reviens des pays étrangers avec Sa Grâce le duc, à qui le roi m'avait prêté.

— Va regarder mon portrait, Rupert, dit Nell, car je faisais des compliments à sir Pierre au moment où tu entras. »

Le jeune garçon regarda, sourit, puis s'écria tout d'un coup :

« Madame Gwynn, j'ai déjà vu votre portrait avant !

— Quand cela ?

— Dans la maison de mon père, peint par lui-même et si brillant, si espiègle, avec un vieux manteau brun déchiré. Je lui demandai quel était ce portrait et il me dit que c'était celui de Nell Gwynn, la jeune marchande de

---

1. Coutume alors en vogue. Le roi et les grands personnages de sa cour avaient le privilége de s'asseoir sur la scène, tout près des acteurs.

fleurs. Je ne l'ai jamais oublié; quand je vous vis jouer sur le théâtre et que tout le monde acclama votre nom et vous applaudit, alors je me rappelai que votre figure était bien celle que j'avais vue à la maison, et je criai avec les autres : — Mme Gwynn ! »

Nell rit et dit :

« Rupert, il ne faut pas babiller plus longtemps, car voilà sir Pierre qui m'attend. Tenez, mon enfant, portez ce nœud en mémoire de moi. »

Et la gaie actrice arracha un nœud bleu de sa manche et le jeta à Rupert.

« Un autre esclave ! dit l'artiste, saisissant son pinceau ; quand donc serez-vous fatiguée ?

« Je suis fatiguée maintenant, dit Nell, fermant ses jolis yeux et jetant sa tête en arrière. Sir Pierre, joue-moi un air sur ton doux tympanon. »

L'artiste dut obéir, mais Rupert se retira et retourna rapidement à Whitehall.

Comme il traversait la cour, il aperçut soudainement un vieux serviteur qui s'avançait vers lui et dont la figure ridée semblait pleine de chagrin. En un instant Rupert fut à côté de lui, car il avait reconnu Martin.

« Quelles nouvelles de chez moi ? demanda-t-il.

— De mauvaises nouvelles, mon jeune maître, fut la réponse faite à voix basse.

— Que dis-tu ?

— Il faut que vous vous frayiez un chemin dans cette terrible prison, la Tour, et il faut que vous apportiez le pardon du roi à ceux qui y languissent.

— Et qui sont-ils ? dit Rupert avec instance.

— Votre père et votre mère. »

Rupert fut prêt à s'évanouir d'épouvante ; toutefois il s'avança bravement et conduisit Martin à sa chambre modeste et peu meublée. Là, il apprit l'arrestation de ses parents, leur triste voyage à la Tour, leur emprisonnement, la tentative héroïque de sa mère pour disculper son mari et se déclarer seule coupable, le semblant de procès qui se termina par la promesse d'un autre jugement dans plusieurs mois, et l'exécution de plusieurs Puritains qu'il avait bien connus.

Le roi était inaccessible et sans pouvoir, et les pétitions qu'on lui envoyait journellement ne lui étaient jamais présentées.

Rupert, apprenant que M. Evelyn était à Londres, résolut d'aller le chercher immédiatement au célèbre café de Bow-Street. Il savait que Gilbert était à Wotton et Martin devait rester à Whitehall pour l'aider dans ses projets.

Le jeune garçon partit pour sa commission et arriva au café tremblant d'agitation. Les salles étaient remplies de personnes qui discutaient avec intérêt sur toutes les nouvelles de la ville, sur chaque nouvelle politique, chaque satire littéraire et chaque anecdote de théâtre. Rupert fut coudoyé par quelques-uns et accosté par d'autres; mais il parvint à aborder M. Evelyn, qui lisait une brochure, et à le supplier, avec un ton d'alarme et d'angoisse, de lui accorder quelques minutes d'entrevue privée. L'aimable gentilhomme, frappé de l'air désolé du jeune garçon, se leva immédiatement et, menant Rupert dans la bibliothèque, le conduisit dans un coin entouré de rideaux, où ils se trouvèrent parfaitement tranquilles.

En peu de mots Evelyn fut mis au courant du malheureux état des affaires, et il ne put s'empêcher de laisser voir combien il croyait critique la position des parents de Rupert.

Evelyn lui-même avait été absent de Londres et de Wotton pendant quelque temps, de sorte qu'il ne savait rien de l'emprisonnement de John Howe et de Patience, ni de Gilbert, resté malade à Wotton.

« Quand as-tu appris ces nouvelles, mon enfant ? dit-il, se retournant vers Rupert.

— A l'instant même, lorsque j'ai quitté Mme Gwynn, qui posait chez sir Pierre Lely ; et il y a trois mois que mon père et ma mère ont été menés à la Tour. Nous parlions justement de mon père, ajouta-t-il, car Mme Gwynn se souvient qu'il a fait son portrait, et, en effet, celui de mon père est le plus ressemblant des deux.

— Le portrait, mon enfant, son portrait, s'écria Evelyn, où peut-il être en ce moment ?

— A la maison, c'est-à-dire à notre ancienne demeure, répondit Rupert.

— Mais il faut qu'il soit ici à Whitehall, il·

faut qu'on l'apporte immédiatement et avec grand soin.

— Pourquoi, monsieur?

— Pour obtenir la liberté de tes parents. Ah! Rupert, tu verras. Le portrait fera des merveilles.

— Alors Martin montera à cheval et ira au plus vite à Wendover-Dene. Il sera de retour avec le portrait à la pointe du jour. »

Et le jeune garçon se leva et s'en allait vite, lorsque M. Evelyn lui dit :

— Rupert, fais mettre le portrait dans ta chambre à Whitehall, et demain à midi je serai chez toi. »

Comme le page se hâtait de partir, Evelyn soupira profondément à la pensée du malheureux emprisonnement de John Howe; puis, souriant à l'idée de son nouveau projet, il se dirigea lentement vers la grande salle foulée, et, se plaçant devant un secrétaire, il écrivit une lettre avec l'exactitude et le soin qui le caractérisaient, la signa, la cacheta et ensuite l'envoya à son adresse. On porta la lettre à la maison de M. Pepys, qui, lorsqu'il l'eut décachetée, lut avec étonnement que le grave M. Evelyn voulait lui faire l'honneur de venir chéz lui le lendemain soir pour assister à un souper où la folâtre Nell Gwynn devait amuser la société.

« Ma femme mettra sa robe de satin bleu dont elle est si fière, dit le petit homme gaiement. Qui sait si Sa Majesté ne viendra pas aussi avec M. Evelyn ? »

La pièce était finie le lendemain soir et la foule quittait le théâtre, les dames dans leurs carrosses et leurs chaises à porteurs, les hommes en marchant à tâtons dans les rues sombres et mal éclairées de Londres. Les porteurs de flambeaux couraient rapidement devant leurs maîtres, l'éclat de leurs torches jetant une étrange lueur sur les passants. Une des chaises contenait une dame qui conversait gaiement avec ceux qui marchaient à côté d'elle. Ses porteurs s'arrêtèrent à la porte de M. Pepys et Nell Gwynn, encore avec son costume de théâtre, descendit de sa chaise et monta légèrement l'escalier, où elle fut reçue par son hôte. Comme elle entrait dans la salle à manger

pleine de monde, on la combla des compliments exagérés et des exclamations du jour; au
même instant une voix grave à côté d'elle dit:

« Madame Gwynn, je vous prie de me
suivre dans la chambre voisine avant que
nous portions le toast du soir. J'ai quelque
chose à vous montrer qui vous rappellera
le passé.

— Qu'est-ce que c'est? dit la folle actrice;
mon vieux manteau brun, ou une orange?

— Vous avez raison, vous les reverrez tous
les deux. »

Et M. Evelyn conduisit Nell Gwynn dans
une petite chambre boisée, où se trouvait
un chevalet soutenant un portrait. Elle s'avança
vers le chevalet et se vit comme elle était autrefois, habillée d'un vieux manteau et portant
sur le bras la corbeille d'oranges bien connue.
Elle tressaillit et une vive couleur lui monta
au visage, une couleur qui parut même à travers le fard de ses joues.

« Pourquoi cette plaisanterie? dit-elle sans
vouloir trahir son émotion.

— Ce n'est pas une plaisanterie, mais une

cruelle réalité, car le peintre de ce portrait est prisonnier dans la Tour, et lui et sa femme doivent souffrir comme tant de personnes souffrent maintenant — c'est-à-dire qu'ils ne sortiront de la Tour que pour aller à l'échafaud.

— Mais Nell Gwynn les sauvera, je le jure, s'écria l'actrice, et le haut talon de son soulier retentit sur le parquet, tandis qu'elle laissait échapper un formidable juron. Il faut que Sa Majesté voie ce charmant portrait. Demain, de bonne heure, je vais prendre possession du domaine royal de Tring Park, et nous y apporterons le tableau. Sa gracieuse Majesté vient pour s'asseoir à l'ombre de mes grands hêtres ; je lui ferai accorder un franc et généreux pardon à John Howe. »

A ces mots elle entendit un faible sanglot et aperçut Rupert près d'elle. Il saisit sa main étendue pour la porter à ses lèvres, mais elle se pencha, et, l'embrassant sur le front, dit :

« Je t'envie tes larmes : je n'ai jamais eu de parents pour les pleurer ».

Alors elle retourna brusquement à la société

qui l'attendait et se précipita dans la chambre en badinant et en folâtrant ; puis les amusements de la nuit commencèrent. M. Evelyn quitta les gais buveurs et Rupert le suivit d'un cœur plus léger.

VIII

SOUS LES HÊTRES DE TRING PARK.

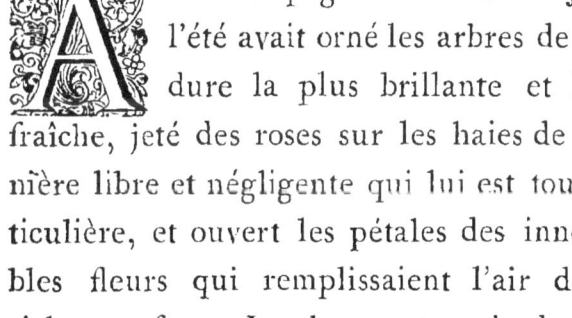 LA campagne tout était joyeux ; l'été avait orné les arbres de la verdure la plus brillante et la plus fraîche, jeté des roses sur les haies de la manière libre et négligente qui lui est toute particulière, et ouvert les pétales des innombrables fleurs qui remplissaient l'air de leurs riches parfums. Le charmant mois de juin se montrait dans toute sa splendeur, surtout dans les bois autour de Tring Park, où Mme Nell Gwynn était déjà arrivée et où, à tout moment, le roi était attendu.

La maison en briques rouges appartenant à Charles II et donnée par lui à la favorite du jour était tout près de la ville de Tring; elle était bâtie sur une petite éminence et dominait les demeures plus modestes du peuple.

Une large avenue de hêtres laissait une belle échappée de vue de la maison à la ville, et une longue ligne ondoyante de collines boisées mettait les spectacles et les sons champêtres à la portée des habitants de Tring Park. Le parc lui-même, plein de petits monticules couverts de grands hêtres, formait une suite de clairières et de tertres, parmi lesquels les cerfs erraient à volonté. C'était le tableau parfait d'un paysage boisé d'Angleterre.

Les habitants de Tring hésitaient entre leur loyauté au roi et leur ressentiment contre la favorite; mais, tandis que quelques hommes courageux parlaient hardiment contre les mœurs dépravées du temps, d'autres spéculaient sur la quantité de profits qu'ils pourraient tirer des visites royales. Les jolies filles de la ville déclaraient que Mme Nell était une coquine vulgaire, qui n'avait aucune beauté pour s'en vanter, et dans toutes les maisons et dans toutes les chaumières on parlait des expressions effrontées mais drôles de l'actrice ; elle était vive et emportée, mais généreuse et bienfaisante ; elle aimait les enfants et elle avait jeté de l'or à un boiteux ; elle s'était moquée du pasteur, mais elle avait pleuré en passant devant une chapelle où on chantait un psaume ; elle avait scandalisé beaucoup de personnes par sa toilette extravagante, mais elle avait dansé à la foire déguisée en paysanne et les avait tous trompés sur son identité ; elle avait passé des jours entiers à se reposer sous les arbres, et ensuite elle avait retourné le foin avec les faneurs ; elle parlait avec un accent irlandais, elle jurait, buvait de grandes rasades de vin, jouait aux cartes et aux dés, mais lorsqu'elle se trouvait seule, elle sanglotait, et pleurait sa vie perdue et le triste avenir qu'elle prévoyait. Voilà ce que disaient les gens de la ville.

Le roi Charles avait passé l'avant-dernière nuit à Berkhampstead, et de bonne heure, par cette brillante matinée de juin, était parti à cheval pour Tring, accompagné de Buckingham. Plusieurs personnes de la suite du roi les suivaient à cheval, et parmi elles se trouvait le petit page Rupert, dont l'inquiétude et l'impatience se montraient sur sa figure colorée et dans ses yeux étincelants. Comme les cavaliers s'approchaient de la ville, ils virent une foule de personnes qui les attendaient, et le roi, un sourire sur les lèvres, arrêta son cheval pour recevoir les saluts du peuple. Plein de grâce et de dignité, son maintien lui gagna instantanément le cœur de tous et ses mots furent heureusement choisis.

« Un vrai domaine de fée ! s'écria-t-il ; un royaume de bois et de collines où le soleil d'été est tempéré par la brise et où le cor de chasse résonnera quand les hêtres seront dépouillés de leurs feuilles. Mon bon Buckingham, nous passerons ici d'heureux jours. »

Alors, ôtant son chapeau orné de plumes, le gai monarque entra par la grille de l'avenue, tandis que des cris de joie éclataient dans les airs. Cependant une voix s'écria du milieu de la foule :

« Que la peste soit sur la maison des Stuarts et

sur leurs habitudes mauvaises et irréligieuses ! »

C'était un Puritain qui parlait et il fut hué par la même foule qui autrefois avait acclamé Olivier Cromwell.

En entrant dans le parc, le roi sembla chercher du regard un objet bien connu ; il regardait, et regardait encore. Des laquais, des pages, des serviteurs sortaient pour le recevoir ; mais il lui manquait encore quelque chose, car pour lui, tout était sans vie.

« Où est Nell, la petite enchanteresse ? » dit enfin le roi ; et, éperonnant son cheval, il galopa vers la maison.

« Votre Majesté veut-elle un bouquet ? » dit une voix joyeuse à côté de son cheval.

Charles regarda alors en bas et aperçut une petite personne avec un vieux manteau, un chapeau de paille cachant ses jolis cheveux qui flottaient sur ses épaules, une corbeille de fleurs au bras et suivie par un petit épagneul.

« Un bouquet des roses odoriférantes du jardin de Votre Majesté », dit Nell Gwynn.

Le roi rit, descendit de son cheval, prit les fleurs de la main de la jeune fille et toucha ses doigts avec ses lèvres. Rupert tenait l'étrier.

« Comment, es-tu malade, mon enfant ?
dit le roi avec douceur. Ta main tremble et
tes joues sont brûlantes.

— C'est la fièvre, Votre Majesté ; on soignera
ce jeune garçon, dit Nell, faisant un signe
pour que Rupert se retirât. Il est malade
depuis quelque temps ; mais n'y faites pas
attention et suivez-moi, car je voudrais vous
mener dans les bois verts.

— Pourquoi ce vilain costume, chère Nell ?

— Il n'est pas laid pour moi ; c'est un costume d'autrefois et il m'est cher, dit-elle doucement. Sir Pierre m'a peinte comme une
déesse barbare, et très-peu habillée, mais j'aurais voulu être peinte comme la marchande de
fleurs qui attira d'abord les yeux de Votre
Majesté.

— Tu le seras, mon enfant, comme la marchande d'oranges du théâtre, si tu le veux. »

Sur ces entrefaites, ils avaient monté les
marches et étaient entrés sous le porche qui
conduisait à une grande salle boisée en chêne
et allant jusqu'au toit même de la maison ; une

salle de festin aux proportions royales, couverte des portraits des Stuarts et des Tudors,
avec une galerie élevée, où les musiciens
jouaient pendant qu'on mangeait en bas. Au
milieu de la salle se trouvait un chevalet qui
soutenait un tableau caché par un rideau.

« Votre Majesté, dit Nell, veut-elle permettre que mon humble portrait soit placé
ici, parmi tous ceux de ces grands personnages?

— Mais certainement, Nell, tu le sais. »

Alors elle arracha le rideau et se cacha derrière le chevalet, de manière à ce que son portrait parût tout à coup devant les yeux du
monarque, qui s'écria :

« Comment ! c'est un chef-d'œuvre ! c'est un
ouvrage qu'il faut récompenser. O rusée Nell !
O rusé sir Pierre !

— Non, non, Votre Majesté, dit Nell, bon-
dissant de derrière le chevalet, sir Pierre n'en
sait rien ; ce n'est pas son ouvrage.

— Et de qui donc? où peut être l'artiste qui
peint si bien ?

— Quelle peut être sa récompense? demanda-t-elle, élevant la voix et évitant la réponse.

— Que veut-il ?

— Le pouvoir de retourner chez lui, les moyens d'y rester et aussi, je suppose, la société de ceux qu'il aime le plus.

— Il les aura tous, Nell, et je crois qu'ils sont tous contenus dans cela, dit Charles en lui jetant une bourse pleine d'or.

— Pas entièrement, dit Nell avec agitation et retenant toutefois la bourse ; mais Votre Majesté accorde la récompense que l'artiste demande ?

— Oui, Nell, pour te faire plaisir.

— La parole d'honneur de Votre Majesté ?

— Tu l'as, mon enfant.

— Alors, dit Nell, Votre Majesté a donné la liberté à un certain M. John Howe et à sa femme Patience, emprisonnés dans la Tour et loyaux sujets de Votre Majesté, mais malheureusement apparentés à quelques méchants Puritains. (A ces mots, il lui échappa un ou deux jurons.) Les vilains parents sont allés au gibet et John Howe et sa femme devaient les suivre sans doute (ici encore quelques jurons), si je n'avais pas obtenu leur pardon de Votre gracieuse Majesté. Rupert, viens ici, mon enfant; je t'ai dit que je les sauverais. »

Charles se retourna gravement vers Buckingham, qui était à côté de lui, et dit :

« Ce sont des affaires d'État, Nelly, et hors de ton ressort. Pourquoi places-tu tes doigts sur les épines ? Les Puritains sont les épines de mon royaume. »

La figure du roi se rembrunit.

« En vérité, dit Nell avec vivacité, je ne sais rien des Royalistes ou des Puritains, et je ne vois pas grande différence entre les deux. Ils aimeraient s'entre-tuer, je crois, et laisser Votre Majesté seule dans son royaume.

— Alors, pourquoi leur porter tant d'intérêt ? demanda Buckingham.

— Pourquoi ? parce que les hommes bons sont rares, Votre Grâce, et John Howe est un homme bon. »

Buckingham rougit de colère et dit :

« Il est d'une basse naissance, il est du peuple.

— Moi aussi, dit Nell ; mais il n'y a aucun mal d'être d'une basse naissance et gens du peuple. Il sont faits comme vous, Monseigneur, et seront, comme vous, réduits en poussière et en cendres un jour. Quant à leurs âmes, je ne sais pas lesquelles se trouveront mieux placées dans l'autre monde, — des Royalistes ou des Puritains ; — mais, laissant de côté sa très-gracieuse Majesté, je dirais que ce seront les Puritains.

— Alors, sauvez-moi d'un tel paradis, Nell, dit le roi ; cependant, si je pardonne à ce John Howe, je serai appelé Puritain par mes bons et loyaux sujets.

— Pas pendant que je suis avec Votre Majesté, dit Nell en souriant.

— Et les Puritains sont prêts à jurer que je suis catholique, continua le roi d'une voix plaintive.

— Il faut bien que vous le soyez, dit Nell, car vous êtes roi de tous vos sujets et vous devez un peu sympathiser avec tous.

— Nell, Nell, tu parles de ce qui ne te regarde pas, dit le roi.

— Oui, Votre Majesté, cela me regarde beaucoup. Nell Gwynn est une vraie et fidèle amie.

— Petite impertinente! grommela Buckingham.

— Lisez cette lettre de M. Evelyn, Votre Majesté. N'ajoute-t-il pas sa voix à la mienne pour demander pardon? La lettre vient d'arriver.

— D'Evelyn », dit le roi.

Il la décacheta, la lut et parut beaucoup rassuré par son contenu.

« Voyons, Nell, tu auras le pardon, dit le facile monarque; mais tout le monde a perdu la tête au sujet de John Howe. O Nell, allons au bois et restons tranquilles!

— Votre Majesté signera le pardon d'abord, dit Nell, et permettra à Rupert de le porter à la Tour. »

Incapable de résister, Charles écrivit, scella et signa le pardon et le donna à Rupert, qui le reçut à genoux, puis se précipita tout en larmes — mais avec quelle joie! — hors de la présence du roi.

IX

FIN.

L faut que nous revenions à John Howe et à Patience, tous deux prisonniers dans la Tour de Londres. Dans ce temps-là, l'emprisonnement signifiait une disparition totale, et lorsque les grilles de la Tour étaient fermées sur un malheureux prisonnier, il sentait, et avec raison, que le monde l'avait abandonné. Les longs et tristes mois de captivité avaient été animés parfois par des procès grossièrement insultants ou d'une partialité révoltante. John Howe et Patience avaient été jugés séparément, puis ensemble;

ils avaient répondu courageusement à leurs
juges qui avaient une fort mauvaise réputation, et enfin ils s'étaient résignés à la mort,
sachant que, pour eux, toute espérance était
perdue. Ils ignoraient la fuite de Randall, le
croyant mort, et ils attendaient leur jugement
final et la dernière visite de leurs enfants, faveur
arrachée à leurs ennemis par l'or de Patience.

Chaque jour, la porte de leur cellule ne s'ouvrait que pour permettre au geôlier d'y entrer;
mais, dans cette matinée d'été dont nous par-
lons, l'entrée du geôlier fut signalée parce qu'il
tenait un paquet à la main. C'était un papier
scellé, adressé à John Howe.

Il en rompit le cachet, le lut et tomba presque par terre. Un seul mot s'échappa de ses
lèvres.

« Sauvés! » et, prenant Patience dans ses
bras, il embrassa ses joues pâles; mais elle se
leva aussitôt et s'élança vers la porte, au moment où Martin entrait, suivi de Rupert et de
Gilbert.

Ce triste et terrible cachot fut alors trans-
formé en un paradis, et les exclamations de

joie et de reconnaissance s'échappaient spontanément des lèvres de l'artiste et de celles de sa femme.

Sauvés! libres d'aller et de venir comme ils voulaient, libres de quitter les murailles de la Tour et de retourner chez eux. Leur geôlier ouvrit les portes de leurs cellules, le gouverneur leur dit adieu avec un sourire, car il n'était pas méchant, et ils sortirent de la Tour, non pour aller au gibet, mais à la liberté. John Howe, affaibli par l'emprisonnement, versait des larmes, mais Patience marchait en silence entre Rupert et Gilbert. Elle portait cependant une marque de sa captivité : ses cheveux bruns avaient blanchi.

Étincelante et animée, portant d'élégants canots et d'innombrables bateaux, la Tamise coulait rapidement devant eux. Ils entrèrent dans une barque et furent bientôt emportés loin des murailles menaçantes de la Tour, loin et plus loin encore, jusqu'à ce que leur bateau s'entremêlât à un millier d'autres sur cette grande voie navigable de Londres, et Rupert s'écria :

« Personne ne croirait que nous venons de la Tour! »

Ils débarquèrent au pont de Londres, et là ils trouvèrent M. Evelyn qui les attendait pour les presser dans leur voyage. Il n'était pas seul; un jeune homme aux yeux vifs était à côté de lui. Rupert se précipita joyeusement en avant et lui sauta au cou en disant :

« Guillaume, mon aimable, mon bon Guillaume Penn. Ma mère, c'est mon ami, mon compagnon de jeu. Viens-tu avec nous dans le Buckinghamshire ?

— Pas à présent, répondit Penn, mais j'ai des nouvelles pour ta mère. Madame Patience, votre frère Philippe Randall vit encore. Il s'est échappé et il est dans le Nouveau Monde, libre et indépendant.

— Dieu soit béni! exclama Patience.

— Il a été sauvé, continua Penn, mais son pauvre serviteur a donné sa vie pour sa cause, et il est mort en combattant bravement à côté de son maître.

— Hélas! pauvre March! dit Patience, dont les larmes coulèrent abondamment, car son cœur saignait à la nouvelle de la mort du fidèle serviteur.

— Il est mort en soldat, fit John Howe, et de la manière qu'il aurait choisie.

— Mon frère m'a-t-il envoyé un message? demanda Patience.

— Il m'a recommandé de vous dire que si vous échappiez à l'emprisonnement et à la mort, de le rejoindre dans ce grand et nouveau pays au delà de l'Océan ; mais si vous étiez... ici le jeune homme hésita.

— Morts sur l'échafaud, continua John Howe.

— Alors, reprit Penn, son grand désir était d'avoir Gilbert. »

L'enfant rougit vivement.

« Ma mère, allons-nous rejoindre mon oncle Randall? »

La question resta sans réponse, car M. Evelyn fit un signe pour que John Howe et sa famille entrassent dans une hôtellerie sur le pont de Londres, où ils devaient se remettre et se reposer avant de continuer leur voyage.

Alors Guillaume Penn prit congé d'eux.

Comme il se retournait pour leur dire adieu, ils furent frappés à la vue de cette mâle et intelligente figure, et ils s'en souvinrent de longues années après, lorsqu'ils entendirent parler de l'influence magique qu'il exerçait sur les pauvres Indiens, si maltraités, et de la vie dure et laborieuse qu'il menait dans le pays au delà de l'Océan. Cette vie était rendue plus malheureuse encore par ses compatriotes, mais il souffrit tout sans se plaindre.

Tranquille et heureuse, la petite troupe continua son voyage. Ils passèrent la nuit à Berkhampstead pour reposer leurs chevaux fatigués, et se préparèrent à partir de bonne heure le lendemain matin.

Cependant, avant qu'ils fussent partis, un messager arriva de Tring Park et ordonna aux voyageurs de se rendre au domaine royal et d'y attendre le bon plaisir du roi.

« Ma mère sera royaliste malgré tout, dit Rupert finement; mais sais-tu, mère, à qui nous devons notre liberté?

— A nos bons amis, dit Patience, surtout à notre meilleur ami, M. Evelyn.

— Assurément non, mais au pinceau de mon père. Un portrait a racheté ta vie, cher père ; c'est parfaitement vrai.

— Mme Gwynn ! s'écria John Howe — ô Mme Gwynn ! » Mais Patience rougit profondément et mit son cheval au galop.

Un passant attentif aurait pu remarquer que le calme de la figure de Mme Patience était troublé et que son front uni s'était plissé. Elle aurait reçu Sa Majesté et toute sa suite dans sa propre demeure sans la moindre hésitation ; mais paraître devant lui dans la maison d'une de ses favorites était une chose qui répugnait à sa nature. Toute sa dignité de femme et de mère puritaine était blessée, et elle rougit même à la pensée d'être obligée d'avoir de la reconnaissance pour Nell Gwynn.

John Howe, dont les gaies et joyeuses dispositions d'artiste ne sympathisaient pas avec les sentiments de sa femme, ne faisait que songer avec transport au changement soudain de la captivité en liberté.

Les deux jeunes garçons s'avançaient gaiement à côté du vieux Martin et leurs voix s'élevèrent en un cri d'allégresse, lorsqu'on ouvrit les grilles du parc et qu'ils entrèrent dans la large avenue ombrée qui conduisait à la maison. Les voyageurs furent reçus à la porte par un homme d'armes, qui les invita à descendre de leurs chevaux et offrit de les conduire à Sa Majesté.

Après avoir suivi une terrasse, ils arrivèrent près d'une ferme basse aux pignons pointus, aux fenêtres treillagées, avec de larges solives noires. De la maison on entendait un bourdonnement de voix et de temps en temps un doux rire argentin. L'homme d'armes s'avança, entra dans une grande cour, puis, ouvrant une lourde porte, laissa voir un joli tableau.

Sur un gazon soyeux devant la ferme, à l'ombre d'un vieux noyer, on avait préparé une table rustique, et à côté se tenait une jeune fille extrêmement jolie, habillée en laitière. De grands bols d'un lait chaud, écumeux et plein de crème, qui évidemment venait d'être trait de quelques magnifiques vaches paissant dans le pré, restaient sur la table; mais la jeune fille tenait à la main un flacon

de vin d'Espagne, avec lequel elle remplissait
une coupe tenue par Charles II lui-même. A
côté du roi était Buckingham. Le monarque et
le sujet, tous deux habillés de la même manière,
portaient le costume de Cavalier; un justau-
corps de buffle, une cravate de soie et un col
de dentelle ; mais la cravate rose du roi était
assortie au nœud rose du chapeau de Nell,
tandis que celle de Buckingham était bleu clair.

Telle était la scène qui frappa les regards
de Patience Howe.

Les yeux de Nell Gwynn étaient levés et ils
rencontrèrent immédiatement ceux de l'artiste.
Elle posa le flacon sur la table et, avec une
exclamation impétueuse, elle s'élança en avant
et saisit la main de John Howe.

« Votre Majesté », commença-t-elle ; mais
John Howe était déjà à genoux et ses lèvres
touchaient avec une profonde reconnaissance
la main qui lui était tendue par le roi.

Osant à peine faire entendre sa voix, il
montra ses enfants et Patience, celle-ci blanche
comme la pierre sur laquelle elle s'appuyait.

« Eh bien, dit le roi gaiement, vous avez

échappé à ces aimable juges et notre pardon s'est frayé un chemin à travers les grilles de la Tour ? Mais souvenez-vous, ajouta-t-il en regardant Patience, que c'est une faveur, et qu'il serait impossible d'en accorder une pareille.

— La faveur que Votre Majesté a montrée envers moi est grande et inexprimable, dit Patience courageusement, et ma reconnaissance est sans bornes ; mais mon mari a partagé mon emprisonnement sans avoir commis aucune faute, et s'il avait été condamné, c'eût été un crime.

— Chut ! Patience », dit John Howe.

Le roi rougit de colère.

« La femme doit être soumise à son mari, madame Howe, dit-il ; nous vous conseillons de pratiquer ce devoir conjugal ; et, pour montrer vos bonnes intentions, nous vous recommandons une vraie et sincère fidélité à la couronne.

— Votre Majesté peut en être sûre, dit Patience ; je dois à votre bonté la vie de ceux qui me sont le plus chers. »

Sur ces entrefaites, Nell Gwynn avait saisi

une corbeille de fraises et appelé Rupert et Gilbert à côté d'elle. Elle commençait à éplucher les fraises, tachant ses doigts en donnant le fruit aux jeunes garçons. Gilbert avait l'air timide et honteux, mais Rupert était à son aise et mangeait les fraises avec plaisir.

Nell rencontra soudain le regard de Patience et ses joues se colorèrent. Elle posa la corbeille et, plaçant sa main sur l'épaule de Rupert, dit :

« Ainsi c'est ta mère, mon garçon ? » Patience rougit de dépit ; Nell s'avança vers elle et, étendant sa main potelée, dit en souriant :

« Vous avez un bon fils qui aime bien ses parents.

— O ma mère, dis quelques mots de remerciement, sollicita Rupert; Mme Gwynn a été si bonne pour nous.

— Alors je serai bonne pour Mme Gwynn, dit Patience ; mais je voudrais lui faire mes remerciements à elle seule, car je crois que deux femmes ne peuvent se parler devant Sa Majesté.

— Remplis encore mon verre, charmante Nell, dit le roi ; j'ai soif. »

Nell se retourna gaiement, remplit le verre, puis murmura quelques mots à l'oreille de Charles, tandis qu'une de ses boucles flottait sur l'épaule du roi.

« Comme tu voudras, mon enfant », dit-il, caressant la boucle et commandant à John Howe de venir près de lui.

L'artiste regardait sa femme et Nell Gwynn avec étonnement et inquiétude. Nell quitta le petit groupe, invitant Patience à la suivre, et se dirigea vers un endroit caché ; là elle s'arrêta et, levant ses brillants yeux bleus sur Patience, dit gaiement :

« Voulez-vous me remercier ici de votre pardon, madame ? car je jure que c'est moi qui l'ai gagné.

— Assurément je le veux, répondit Patience ; et si tu m'écoutes, mes remerciements ne seront pas seulement des paroles sans signification, mais elles t'attireront des bénédictions telles que tu n'en as jamais rêvé de semblables.

— Ce que tu dis est une énigme pour moi.

— Non, non, madame Gwynn, ce n'est pas une énigme ; mon cœur souffre pour toi. Tu es une femme comme moi, et cependant si différente ! Si j'étais morte sur l'échafaud ou sur le bûcher, j'aurais été plus heureuse que tu ne l'es maintenant.

— Juste ciel ! non, dit Nell vivement ; je suis heureuse.

— Je te plains si tu l'es, dit la femme de l'artiste.

— Mais, madame Howe, votre pitié est perdue.

— O 'écoute, je t'en prie, pendant qu'il en est encore temps, supplia la Puritaine, non pas la voix de l'humble Patience Howe, mais celle de ta conscience, qui est la voix de Dieu. Quitte toute cette fausse splendeur, ces vanités, cette pompe.

— Vous parlez comme votre mari m'a parlé une fois avant, et ... » Nell Gwynn s'arrêta et soupira.

« Vraiment ? dit Patience. Alors fais ce qu'il t'a conseillé, ce que je te supplie de faire.

— Moi devenir une triste, morne Puritaine ! moi, qui suis si joyeuse ? Non, non, je suis la charmante Nelly du roi, sa fleur, son bouton de rose. Tu voudrais sans doute me voir entrer dans quelque misérable hôtellerie de village, ou dans quelque hutte, et devenir une malheureuse fille triste et abandonnée. Quoi ! quitter la lumière, le bonheur de ma vie ! Quel mal puis-je faire à toi et à tes pareilles ?

— Le grand, le terrible mal de rendre l'ouvrage de Dieu méprisable. O vaïne et malheureuse fille ! s'écria Patience, il faut que tu m'écoutes pendant qu'il en est encore temps. Réforme tes mœurs et efforce-toi de rentrer dans la voie escarpée du droit chemin. Tu auras à marcher sur des épines et tes pieds saigneront, mais au fond de ton cœur se trouveront la paix et le repos. Sois modeste dans ta toilette, ajouta-t-elle, regardant le cou blanc de la jeune fille, sois modeste dans tes paroles et Dieu peut te pardonner encore. »

Nell leva la tête d'un air de défi ; ses yeux lancèrent des éclairs ; elle voulut parler, mais ne put que pleurer.

« Je ne peux pas, dit-elle.

— Avec l'aide de Dieu, nous pouvons tout. Il t'aidera à dompter les vains désirs et les penchants de la nature ; mais il faut fuir cette maison. Quitte tout, abandonne tous ceux qui t'ont détournée du droit chemin.

— Je ne peux pas, répéta Nell en tremblant.

— Il le faut. Je te dois la liberté du corps, tu me devras celle de l'âme ; et quand l'heure de ta mort sera venue, tu me remercieras comme je te remercie aujourd'hui.

— La mort ! oh ! ne parle pas ainsi, dit Nell en frissonnant.

— Mais elle viendra ; il faut que tu sois sauvée et tu le seras. O mon Dieu ! s'écria la Puritaine tombant à genoux, je te prie pour l'âme de cette malheureuse femme. »

Alors Nell, effrayée de cette scène étrange, fondit en larmes et s'attacha comme un enfant à Patience ; cependant aucune réponse à la prière ne se trouva dans son cœur, mais seulement un sentiment de crainte qui l'accablait.

« Tu crains les ténèbres et la captivité, continua Patience, mais tu demeures dans les ténèbres et ton âme est retenue captive par le péché. Je t'apporte la lumière et la liberté.

Je couperai tes entraves; viens avec moi. »

Alors Nell parla avec toute l'angoisse dont son cœur était plein :

« Partir d'ici ? moi aller avec toi ? Non, non, je ne le puis, je n'ai pas les mêmes vertus que toi, madame Howe; mais je suis fidèle et je ne puis partir d'ici. Puisse Dieu me pardonner! Mais tu m'as parlé avec affection et avec bonté, et, bien que tes paroles soient dures, ton cœur est bon pour moi; pour te montrer que je t'aime, je ne parlerai jamais légèrement à ton Rupert, et je l'avertirai quand il sera en danger. Ne pense pas trop de mal de la pauvre Nell Gwynn. Il faut bien que je t'aime, car tu as pris ma main, au lieu de me repousser. »

Alors Patience fit une chose inexplicable. Elle se pencha vers Nell Gwynn et l'embrassa sur les joues.

« Madame Gwynn, s'écria-t-elle, je te sauverai encore. Tu viendras avec moi. »

Mais Nell s'était redressée et, secouant ses boucles, elle courut vers la ferme. Elle avait entendu la voix du roi : — c'était son mauvais ange. Bons anges du ciel, prêts à pleurer de joie sur un pêcheur pénitent, cachez vos figures et lamentez-vous !

Hélas ! pauvre Nell ! Et cependant nous pouvons espérer qu'elle-même — pauvre victime des jours mauvais — ait pu être sauvée, quoique pas en ce moment, comme le désirait Patience Howe.

La voix de la femme puritaine retentit longtemps aux oreilles de Nell Gwynn, et le souvenir de sa figure et de sa personne sembla fixé dans sa mémoire. Ce souvenir a pu être sans doute un bouclier contre le mal, car rien n'est perdu : aucune larme de pitié, aucun mot de bonté, aucun témoignage d'affection.

Mais tous les personnages de cette histoire ont quitté la scène et ont terminé leurs rôles. Sir Pierre Lely et John Howe ont laissé leurs pinceaux à une autre et encore une autre génération d'artistes, et Nell Gwynn, la marchande d'oranges, l'actrice et la favorite de la cour, l'espiègle, la charmante Nell, a aussi quitté la scène et sa demeure au milieu des magnifiques bois de hêtres de Tring.

Tring Park, avec ses petits monticules, ses

avenues, ses hêtres, ses collines boisées, existe
encore, et la vieille salle résonne au bruit des
petits pieds, à l'écho des voix enfantines. Un
petit garçon aux cheveux dorés et une joyeuse
petite fille aux yeux bleus et aux joues vermeilles jouent et courent dans la galerie où
autrefois résonnèrent des voix bruyantes et
grossières, quand le gai monarque donnait des
fêtes entouré des libertins favoris de sa cour.

Le portrait de Nell Gwynn est encore là, et
quelques-uns disent que ce n'est qu'une copie
de l'esquisse de John Howe, due à l'habile
pinceau de Romney.

Je le regardais dernièrement, lorsque des
pensées de ces vieux temps me vinrent à l'esprit, la pensée de ces temps étranges, qui maintenant paraissent si reculés; les esprits semblèrent accourir de tous les coins de la vieille
maison, prenant des formes de Puritains et de
Cavaliers, et, d'une manière quelconque, ils
semblèrent me raconter l'histoire du portrait de
Nell Gwynn.

J'errais sur le gazon, encore éclairé par le
soleil couchant.

Il me semblait avoir laissé le passé loin derrière moi, caché dans les ténèbres, enveloppé
d'ombres mystérieuses, tandis que devant moi
se déployait le présent, plein de lumière et
d'espérance.

Je m'arrêtai pour regarder le groupe que je
voyais sur le gazon.

Un monsieur et une dame étaient à côté de
leurs deux enfants, qui donnaient à manger
à une grande quantité de jolis oiseaux. Des
faisans, brillants d'or, des paons aux poitrines
de saphir avec leurs magnifiques queues en
éventail, des flamants cramoisis comme le soleil
couchant, des tourterelles d'un gris tendre, des
pigeons d'un blanc de crème, avec des poitrines roses, des perroquets splendides comme
la robe d'un monarque oriental, tous venaient
autour des enfants, voltigeant, volant, se tré-
moussant, se perchant, et formant un cercle
magique d'ailes multicolores. Les rayons obli-
ques du soleil brunissaient les plumes des
oiseaux, et formaient une couronne lumineuse
sur la tête des enfants.

Jette avec moi un dernier regard sur cette

scène, ami lecteur, jusqu'à ce que, les ombres l'enveloppant tout entière, elle devienne, elle aussi, une chose du passé.

ASTON CLINTON, TRING.

Décembre 1874.

TABLE

PARIS. — Impr. J. CLAYE. — A. QUANTIN et C⁰, rue St-Benoît. — [1171]

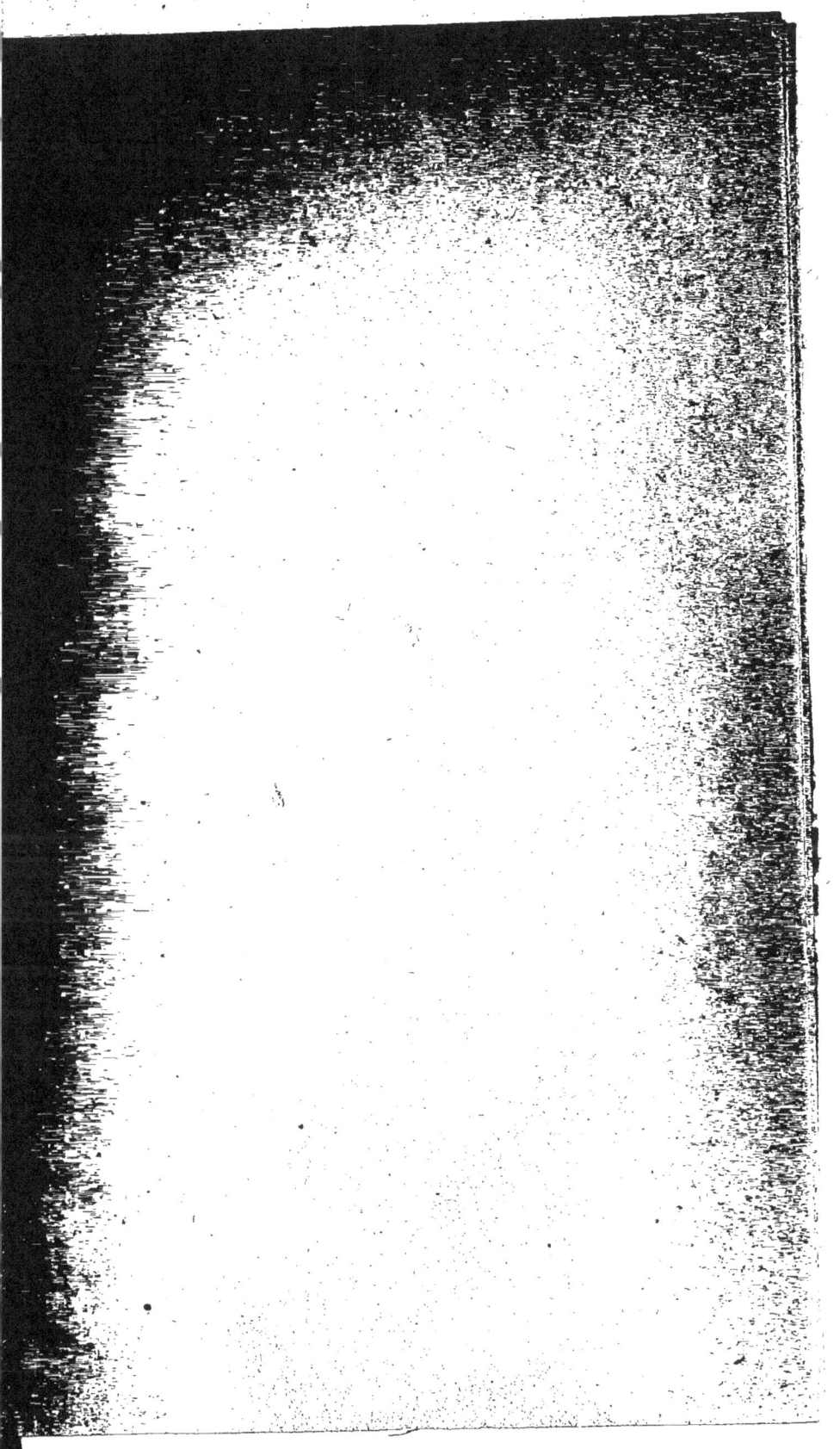

www.ingramcontent.com/pod-product-compliance
Lightning Source LLC
Chambersburg PA
CBHW050658290626
47170CB00015B/1774